D0784603

Antoine de
Saint-Exupéry

Courrier sud

Gallimard

ISBN 2-07-036080-6.

PREMIÈRE PARTIE

I

*Par radio. 6 h 10. De Toulouse pour escales.
Courrier France-Amérique du Sud quitte Toulouse 5 h 45 stop.*

Un ciel pur comme de l'eau baignait les
étoiles et les révélait. Puis c'était la nuit. Le
Sahara se dépliait dune par dune sous la lune.
Sur nos fronts cette lumière de lampe qui ne
livre pas les objets mais les compose, nourrit
de matière tendre chaque chose. Sous nos pas
assourdis, c'était le luxe d'un sable épais. Et
nous marchions nu-tête, libérés du poids du
soleil. La nuit : cette demeure...

Mais comment croire à notre paix? Les
vents alizés glissaient sans repos vers le sud.

see
p 21

Ils essuyaient la plage avec un bruit de soie. Ce n'étaient plus ces vents d'Europe qui tournent, cèdent; ils étaient établis sur nous comme sur le rapide en marche. Parfois, la nuit, ils nous touchaient, si durs, que l'on s'appuyait contre eux, face au nord, avec le sentiment d'être emporté, de les remonter vers un but obscur. Quelle hâte, quelle inquiétude!

Le soleil tournait, ramenait le jour. Les Maures s'agitaient peu. Ceux qui s'aventuraient jusqu'au fort espagnol gesticulaient, portaient leur fusil comme un jouet. C'était le Sahara vu des coulisses : les tribus insoumises y perdaient leur mystère et livraient quelques figurants.

Nous vivions les uns sur les autres en face de notre propre image, la plus bornée. C'est pourquoi nous ne savions pas être isolés dans le désert : il nous eût fallu rentrer chez nous pour imaginer notre éloignement, et le découvrir dans sa perspective.

Nous n'allions guère qu'à cinq cents mètres où commençait la dissidence, captifs des Maures et de nous-mêmes. Nos plus proches voisins, ceux de Cisneros, de Port-Étienne, étaient, à sept cents, mille kilomètres, pris aussi dans le Sahara comme dans une gangue. Ils gravitaient autour du même fort. Nous les connaissions par leurs surnoms, par leurs manies, mais il y avait entre nous la même épaisseur de silence qu'entre les planètes habitées.

Ce matin-là, le monde commençait pour nous à s'émouvoir. L'opérateur de T.S.F. nous remit enfin un télégramme : deux pylônes, plantés dans le sable, nous reliaient une fois par semaine à ce monde :

Courrier France-Amérique parti de Toulouse 5 h 45 stop. Passé Alicante 11 h 10.

Toulouse parlait, Toulouse, tête de ligne. Dieu lointain.

En dix minutes, la nouvelle nous parvenait par Barcelone, par Casablanca, par Agadir, puis se propageait vers Dakar. Sur cinq mille kilomètres de ligne, les aéroports étaient alertés. A la reprise de six heures du soir, on nous communiquait encore :

Courrier atterrira Agadir 21 heures repartira pour Cabo Juby 21 h 30, s'y posera avec bombe Michelin stop. Cabo Juby préparera feux habituels stop. Ordre rester en contact avec Agadir. Signé : Toulouse.

De l'observatoire de Cabo Juby, isolés en plein Sahara, nous suivions une comète lointaine.

Vers six heures du soir le Sud s'agitait :

De Dakar pour Port-Étienne, Cisneros, Juby : communiquer urgence nouvelles courrier.

De Juby pour Cisneros, Port-Étienne, Da-

kar : pas de nouvelles depuis passage 11 h 10 Alicante.

Un moteur grondait quelque part. De Toulouse jusqu'au Sénégal on cherchait à l'entendre.

II

Toulouse. 5 h 30.

La voiture de l'aéroport stoppe net à l'entrée du hangar, ouvert sur la nuit mêlée de pluie. Des ampoules de cinq cents bougies livrent des objets durs, nus, précis comme ceux d'un stand. Sous cette voûte chaque mot prononcé résonne, demeure, charge le silence.

Tôles luisantes, moteur sans cambouis. L'avion semble neuf. Horlogerie délicate à quoi touchaient les mécaniciens avec des doigts d'inventeurs. Maintenant ils s'écartent de l'œuvre au point.

— Pressons, messieurs, pressons...

Sac par sac, le courrier s'enfonce dans le ventre de l'appareil. Pointage rapide :

— Buenos Aires... Natal... Dakar... Casa... Dakar... Trente-neuf sacs. Exact?

— Exact.

Le pilote s'habille. Chandails, foulard, combinaison de cuir, bottes fourrées. Son corps endormi pèse. On l'interpelle : « Allons! Pressons... » Les mains encombrées de sa montre, de son altimètre, de son porte-cartes, les doigts gourds sous les gants épais, il se hisse, lourd et maladroit, jusqu'au poste de pilotage. Scaphandrier hors de son élément. Mais une fois en place, tout s'allège.

Un mécanicien monte à lui :

— Six cent trente kilos.

— Bien. Passagers?

— Trois.

Il les prend en consigne sans les voir.

Le chef de piste fait demi-tour vers les manœuvres :

— Qui a goupillé ce capot?

— Moi.

— Vingt francs d'amende.

Le chef de piste jette un dernier coup d'œil : ordre absolu des choses; gestes réglés comme pour un ballet. Cet avion a sa place exacte dans ce hangar, comme dans cinq minutes dans ce ciel. Ce vol aussi bien calculé que le lancement d'un navire. Cette goupille qui manque : erreur éclatante. Ces ampoules de cinq cents bougies, ces regards précis, cette dureté pour que ce vol relancé d'escale en escale jusqu'à Buenos Aires ou Santiago du Chili soit un effet de balistique et non une œuvre de hasard. Pour que, malgré les tempêtes, les brumes, les tornades, malgré les mille pièges du ressort de soupape, du culbuteur, de la matière, soient rejoints, distancés, effacés : express, rapides, cargos, vapeurs! Et touchés dans un temps record Buenos Aires ou Santiago du Chili.

— Mettez en route.

On passe un papier au pilote Bernis : le plan de bataille.

Bernis lit :

Perpignan signale ciel clair, vent nul. Barcelone : tempête. Alicante...

Toulouse. 5 h 45.

Les roues puissantes écrasent les cales. Battue par le vent de l'hélice, l'herbe jusqu'à vingt mètres en arrière semble couler. Bernis, d'un mouvement de son poignet, déchaîne ou retient l'orage.

Le bruit s'enfle maintenant, dans les reprises répétées, jusqu'à devenir un milieu dense, presque solide, où le corps se trouve enfermé. Quand le pilote le sent combler en lui quelque chose de jusqu'alors inassouvi, il pense : c'est bien. Puis regarde le capot noir appuyé sur le ciel, à contre-jour, en obusier. Derrière l'hélice, un paysage d'aube tremble.

Ayant roulé lentement, vent debout, il tire à lui la manette des gaz. L'avion, happé par l'hélice, fonce. Les premiers bonds sur l'air

13

élastique s'amortissent et le sol enfin paraît se tendre, luire sous les roues comme une courroie. Ayant jugé l'air, d'abord impalpable puis fluide, devenu maintenant solide, le pilote s'y appuie et monte.

Les arbres qui bordent la piste livrent l'horizon et se dérobent. A deux cents mètres on se penche encore sur une bergerie d'enfant, aux arbres posés droit, aux maisons peintes, et les forêts gardent leur épaisseur de fourrure : terre habitée...

Bernis cherche l'inclinaison du dos, la position exacte du coude qui sont nécessaires à sa paix. Derrière lui, les nuages bas de Toulouse figurent le hall sombre des gares. Maintenant, il résiste moins à l'avion qui cherche à monter, laisse s'épanouir un peu la force que sa main comprime. Il libère d'un mouvement de son poignet chaque vague qui le soulève et qui se propage en lui comme une onde.

Dans cinq heures, Alicante, ce soir l'Afrique. Bernis rêve. Il est en paix : « J'ai mis de l'ordre. » Hier, il quittait Paris par l'express du soir; quelles étranges vacances. Il en garde le souvenir confus d'un tumulte obscur. Il souffrira plus tard, mais, pour l'instant, il abandonne tout en arrière comme si tout se continuait en dehors de lui. Pour l'instant, il lui semble naître avec le petit jour qui monte, aider, ô matinal, à construire ce jour. Il pense :

« Je ne suis plus qu'un ouvrier, j'établis le courrier d'Afrique. » Et chaque jour, pour l'ouvrier, qui commence à bâtir le monde, le monde commence.

« J'ai mis de l'ordre... » Dernier soir dans l'appartement. Journaux pliés autour des blocs de livres. Lettres brûlées, lettres classées, housses des meubles. Chaque chose cernée, tirée de sa vie, posée dans l'espace. Et ce tumulte du cœur qui n'avait plus de sens.

Il s'est préparé pour le lendemain comme pour un voyage. Il s'est embarqué pour le jour suivant comme pour une Amérique. Tant de choses inachevées l'attachaient encore à lui-même. Et tout à coup, il était libre. Bernis a presque peur de se découvrir si disponible, si mortel.

Carcassonne, escale de secours, sous lui dérive.

Quel monde bien rangé aussi — 3 000 mètres. Rangé comme dans sa boîte la bergerie. Maisons, canaux, routes, jouets des hommes. Monde loti, monde carrelé, où chaque champ touche sa haie, le parc son mur. Carcassonne où chaque mercière refait la vie de son aïeule. Humbles bonheurs parqués. Jouets des hommes bien rangés dans leur vitrine.

Monde en vitrine, trop exposé, trop étalé, villes en ordre sur la carte roulée et qu'une terre lente porte à lui avec la sûreté d'une marée.

Il songe qu'il est seul. Sur le cadran de l'altimètre le soleil miroite. Un soleil lumineux et glacé. Un coup de palonnier : le paysage entier dérive. Cette lumière est minérale, ce sol apparaît minéral : ce qui fait la douceur, le parfum, la faiblesse des choses vivantes est aboli.

Et pourtant, sous la veste de cuir, une chair tiède — et fragile, Bernis. Sous les gants épais des mains merveilleuses qui savaient, Geneviève, caresser du revers des doigts ton visage...

Voici l'Espagne.

III

Aujourd'hui, Jacques Bernis, tu franchiras
l'Espagne avec une tranquillité de proprié-
taire. Des visions connues, une à une, s'éta-
bliront. Tu joueras des coudes, avec aisance,
entre les orages. Barcelone, Valence, Gibraltar, apportées à toi, emportées. C'est bien.
Tu dévideras ta carte roulée, le travail fini
s'entasse en arrière. Mais je me souviens de
tes premiers pas, de mes derniers conseils, la
veille de ton premier courrier. Tu devais, à
l'aube, prendre dans tes bras les méditations
d'un peuple. Dans tes faibles bras. Les porter
à travers mille embûches comme un trésor
sous le manteau. Courrier précieux, t'avait-on
dit, courrier plus précieux que la vie. Et si
fragile. Et qu'une faute disperse en flammes,
et mêle au vent. Je me souviens de cette
veillée d'armes :

— Et alors?

— Alors tu tâcherais d'atteindre la plage de Peniscola. Méfie-toi des barques de pêche.

Ensuite?

— Ensuite jusqu'à Valence tu trouveras toujours des terrains de secours : je les souligne au crayon rouge. Faute de mieux, pose-toi dans les rios secs.

Bernis retrouvait le collège sous l'abat-jour vert de cette lampe, devant ces cartes dépliées. Mais de chaque point du sol, son maître d'aujourd'hui lui dégageait un secret vivant. Les pays inconnus ne livraient plus de chiffres morts, mais de vrais champs avec leurs fleurs — où justement il faut se méfier de cet arbre — mais de vraies plages avec leur sable — où, vers le soir, il faut éviter les pêcheurs.

Déjà tu savais, Jacques Bernis, que nous ne connaîtrions jamais de Grenade ou d'Almeria ni l'Alhambra ni les mosquées, mais un ruisseau, un oranger, mais leurs plus humbles confidences.

— Écoute-moi donc : s'il fait beau ici, tu passes tout droit. Mais, s'il fait mauvais, si tu voles bas, tu appuies à gauche, tu t'engages dans cette vallée.

— Je m'engage dans cette vallée.

— Tu rejoins la mer, plus tard, par ce col.

— Je rejoins la mer par ce col.

Car ils ne s'étonnaient pas de ma poignée de main robuste, ni du regard droit de Jacques Bernis, car ils nous traitèrent sans transition comme des hommes, car ils coururent chercher une bouteille de vieux samos dont ils ne nous avaient jamais rien dit.

On s'installa pour le repas du soir. Ils se resserraient sous l'abat-jour comme les paysans autour du feu et nous apprîmes qu'ils étaient faibles.

Ils étaient faibles car ils devenaient indulgents, car notre paresse d'autrefois, qui devait nous conduire au vice, à la misère, n'était plus qu'un défaut d'enfant, ils en souriaient; car notre orgueil, qu'ils nous menaient vaincre avec tant de fougue, ils le flattaient, ce soir, le disant noble. Nous tenions même des aveux du maître de philosophie.

Descartes avait, peut-être, appuyé son système sur une pétition de principe. Pascal... Pascal était cruel. Lui-même terminait sa vie, sans résoudre, malgré tant d'efforts, le vieux problème de la liberté humaine. Et lui, qui nous défendait de toutes ses forces contre le déterminisme, contre Taine, lui, qui ne voyait pas d'ennemi plus cruel dans la vie, pour des enfants qui sortent du collège, que Nietzsche, il nous avouait des tendresses coupables. Nietzsche... Nietzsche lui-même le troublait. Et la réalité de la matière... Il ne

— Et tu te méfies de ton moteur : la falaise à pic et des rochers.

— Et s'il me plaque?

— Tu te débrouilles.

Et Bernis souriait : les pilotes jeunes sont romanesques. Un rocher passe, en jet de fronde, et l'assassine. Un enfant court, mais une main l'arrête au front et le renverse...

— Mais non, mon vieux, mais non! on se débrouille.

Et Bernis était fier de cet enseignement : son enfance n'avait pas tiré de l'Énéide un seul secret qui le protégeât de la mort. Le doigt du professeur sur la carte d'Espagne n'était pas un doigt de sourcier et ne démasquait ni trésor ni piège, ne touchait pas cette bergère dans ce pré.

Quelle douceur aujourd'hui répandait cette lampe dont coulait une lumière d'huile. Ce filet d'huile qui fait le calme dans la mer. Dehors il ventait. Cette chambre était bien un îlot dans le monde comme une auberge de marins.

— Un petit porto?

— Bien sûr...

Chambre de pilote, auberge incertaine, il fallait souvent te rebâtir. La compagnie nous avisait la veille au soir : « Le pilote X est affecté au Sénégal... à l'Amérique... » Il fallait, la nuit même, dénouer ses liens, clouer ses caisses, déshabiller sa chambre de soi-même, de ses photos, de ses bouquins et la laisser derrière soi, moins marquée que par un fantôme. Il fallait, quelquefois, la nuit même, dénouer deux bras, épuiser les forces d'une petite fille, non la raisonner, toutes se butent, mais l'user, et, vers trois heures du matin, la déposer doucement dans le sommeil, soumise, non à ce départ, mais à son chagrin, et se dire : voilà qu'elle accepte : elle pleure.

Qu'as-tu appris plus tard à courir le monde, Jacques Bernis? L'avion? On avance lentement en creusant son trou dans un cristal dur. Les villes peu à peu se remplacent l'une l'autre, il faut atterrir pour y prendre corps. Maintenant tu sais que ces richesses ne sont qu'offertes puis effacées, lavées par les heures comme par la mer. Mais, au retour de tes premiers voyages, quel homme pensais-tu être devenu et pourquoi ce désir de le confronter avec le fantôme d'un gamin tendre? Dès ta première permission tu m'avais entraîné vers le collège : du Sahara, Bernis, où j'attends ton passage, je me souviens avec mélancolie de cette visite à notre enfance :

Une villa blanche entre les pins, une fenêtre s'allumait, puis une autre. Tu me disais :

— Voici l'étude où nous écrivions nos premiers poèmes...

Nous venions de très loin. Nos manteaux lourds capitonnaient le monde et nos âmes de voyageurs veillaient au centre de nous mêmes. Nous abordions les villes inconnues les mâchoires closes, les mains gantées, bien protégés. Les foules coulaient sur nous sans nous heurter. Nous réservions pour les ville apprivoisées le pantalon de flanelle blanche e la chemise de tennis. Pour Casablanca, pou Dakar. A Tanger nous marchions nu-tête il n'était pas besoin d'armure dans cett petite ville endormie.

Nous revenions solides, appuyés sur d muscles d'homme. Nous avions lutté, no avions souffert, nous avions traversé d terres sans limites, nous avions aimé quelqu femmes, joué parfois à pile ou face av la mort, pour simplement dépouiller ce crainte, qui avait dominé notre enfance, pensums et des retenues, pour assister in nérables aux lectures des notes du sar soir.

Ce fut dans le vestibule un chuchoten puis des appels, puis toute une hâte de lards. Ils venaient, habillés de la lu dorée des lampes, les joues de parch mais les yeux si clairs : égayés, charr Et, tout de suite, nous comprîmes qu'i savaient déjà d'une autre chair : les ont coutume de revenir avec un pas prend sa revanche.

savait plus, il s'inquiétait... Alors ils nous interrogent. Nous étions sortis de cette maison tiède dans la grande tempête de la vie, il nous fallait leur raconter le vrai temps qu'il fait sur la terre. Si vraiment l'homme qui aime une femme devient son esclave comme Pyrrhus ou son bourreau comme Néron. Si vraiment l'Afrique et ses solitudes et son ciel bleu répondent à l'enseignement du maître de géographie. (Et les autruches qui ferment les yeux pour se protéger?) Jacques Bernis s'inclinait un peu car il possédait de grands secrets, mais les professeurs les lui dérobèrent.

Ils voulurent savoir de lui l'ivresse de l'action, le grondement de son moteur et qu'il ne nous suffisait plus, pour être heureux, de tailler comme eux des rosiers, le soir. C'était son tour d'expliquer Lucrèce ou l'Ecclésiaste et de conseiller. Bernis leur enseignait, à temps encore, ce qu'il faut emporter de vivres et d'eau pour ne pas mourir, perdu en panne dans le désert. Bernis en hâte leur jetait les derniers conseils : les secrets qui sauvent le pilote des Maures, les réflexes qui sauvent le pilote du feu. Et voici qu'ils hochaient la tête, encore inquiets, déjà rassurés et fiers aussi d'avoir lâché par le monde ces forces neuves. Ces héros qu'ils célébraient depuis toujours, ils les touchaient enfin du doigt et, les ayant enfin connus, pouvaient mourir. Ils parlèrent de Jules César, enfant.

Mais, de peur de les attrister, nous leur dîmes les déceptions et le goût amer du repos après l'action inutile. Et, comme le plus vieux rêvait, ce qui nous fit mal, combien la seule vérité est peut-être la paix des livres. Mais les professeurs le savaient déjà. Leur expérience était cruelle puisqu'ils enseignaient l'histoire aux hommes.

« Pourquoi êtes-vous revenus au pays? » Bernis ne leur répondait pas, mais les vieux professeurs connaissaient les âmes et, clignant de l'œil, pensaient à l'amour...

IV

La terre, de là-haut, paraissait nue et
morte; l'avion descend : elle s'habille. Les
bois de nouveau la capitonnent, les vallées,
les coteaux impriment en elle une houle : elle
respire. Une montagne qu'il survole, poitrine
de géant couché, se gonfle presque jusqu'à lui.

Maintenant proche, comme le torrent sous
un pont, le cours des choses s'accélère. C'est
la débâcle de ce monde uni. Arbres, maisons,
villages se séparent d'un horizon lisse, sont
emportés derrière lui à la dérive.

Le terrain d'Alicante monte, bascule, se
place, les roues le frôlent, s'en rapprochent
comme d'un laminoir, s'y aiguisent...

Bernis descend de la carlingue, les jambes
lourdes. Une seconde, il ferme les yeux; la
tête pleine encore du bruit de son moteur et
d'images vives, les membres encore comme

chargés par les vibrations de l'appareil. Puis il entre dans le bureau où il s'assied avec lenteur, repousse du coude l'encrier, quelques livres, et tire à lui le carnet de route du 612.

Toulouse-Alicante : 5 h 15 de vol.

Il s'interrompt, se laisse dominer par la fatigue et par le rêve. Il lui parvient un bruit confus. Une commère crie quelque part. Le chauffeur de la Ford ouvre la porte, s'excuse, sourit. Bernis considère gravement ces murs, cette porte et ce chauffeur grandeur nature. Il est mêlé pour dix minutes à une discussion qu'il ne comprend pas, à des gestes que l'on achève, que l'on commence. Cette vision est irréelle. Un arbre planté devant la porte dure pourtant depuis trente ans. Depuis trente ans repère l'image.

Moteur : Rien à signaler.

Avion : Penche à droite.

Il dépose le porte-plume, pense simplement : « J'ai sommeil », et le rêve qui serre ses tempes s'impose encore.

Une lumière couleur d'ambre sur un paysage si clair. Des champs bien ratissés et des prairies. Un village posé à droite, à gauche un troupeau minuscule et, l'enfermant, la voûte d'un ciel bleu. « Une maison », pense Bernis. Il se souvient d'avoir ressenti avec une évidence soudaine que ce paysage, ce ciel, cette terre étaient bâtis à la manière d'une demeure. Demeure familière, bien en ordre. Chaque chose si verticale. Nulle menace, nulle fissure dans cette vision unie : il était comme à l'intérieur du paysage.

Ainsi les vieilles dames se sentent éternelles à la fenêtre de leur salon. La pelouse est fraîche, le jardinier lent arrose les fleurs. Elles suivent des yeux son dos rassurant. Une odeur d'encaustique monte du parquet luisant et les ravit. L'ordre dans la maison est doux : le jour a passé traînant son vent et son soleil et ses averses pour user à peine quelques roses.

« C'est l'heure. Adieu. » Bernis repart.

Bernis entre dans la tempête. Elle s'acharne sur l'avion comme les coups de pioche du démolisseur : on en a vu d'autres, on passera. Bernis n'a plus que des pensées rudimentaires, les pensées qui dirigent l'action : sortir de ce cirque de montagnes où la tornade descendante le plonge, où la pluie en rafales est si drue qu'il fait nuit, sauter ce mur, gagner la mer.

Un choc! Une rupture? L'avion tout à coup pèse vers la gauche. Bernis le retient d'une main, puis des deux mains, puis de tout son corps. « Nom de Dieu! » L'avion a repris son poids vers la terre. Voici Bernis ruiné. Une seconde encore, et de cette maison bousculée, et qu'il vient à peine de comprendre, il sera rejeté pour toujours. Plaines, forêts, villages, jailliront vers lui en spirale. Fumée des apparences, spirales de fumée, fumée! Bergerie culbutée aux quatre coins du ciel...

« Ah! j'ai ou peur... » Un coup de talon libère un câble. Commande coincée. Quoi? Sabotage? Non. Trois fois rien : un coup de talon rétablit le monde. Quelle aventure!

Une aventure? Il ne reste de cette seconde qu'un goût dans la bouche, une aigreur de la chair. Eh! mais cette faille entrevue! Tout n'était qu'en trompe-l'œil : routes, canaux, maisons, jouets des hommes!...

Passé. Fini. Ici le ciel est clair. La météo l'avait prédit. « Ciel un quart couvert de cirrus. » La météo? Les isobares? Les « Systèmes nuageux » du professeur Borjsen? Un ciel de fête populaire : oui. Un ciel de 14 Juillet. Il fallait dire : « A Malaga c'est jour de fête! » Chaque habitant possède dix mille mètres de ciel pur sur lui. Un ciel qui va jusqu'aux cirrus. Jamais l'aquarium ne fut si lumineux, si vaste. Ainsi dans le golfe, un soir de régates : ciel bleu, mer bleue, col bleu et les yeux bleus du capitaine. Congé lumineux.

Fini. Trente mille lettres ont passé.

La Compagnie prêchait : courrier précieux, courrier plus précieux que la vie. Oui. De quoi faire vivre trente mille amants... Patience, amants! Dans les feux du soir on vous arrive. Derrière Bernis les nuages épais, brassés dans une cuve par la tornade. Devant lui une terre vêtue de soleil, l'étoffe claire des prés, la laine des bois, le voile froncé de la mer.

A la hauteur de Gibraltar, il fera nuit. Alors un virage à gauche vers Tanger détachera de Bernis l'Europe, banquise énorme, à la dérive...

Encore quelques villes nourries de terre brune puis l'Afrique. Encore quelques villes nourries de pâte noire puis le Sahara. Bernis assistera ce soir au déshabiller de la terre.

Bernis est las. Deux mois plus tôt, il montait vers Paris à la conquête de Geneviève. Il rentrait hier à la Compagnie, ayant mis de l'ordre dans sa défaite. Ces plaines, ces villes, ces lumières qui s'en vont, c'est bien lui qui les abandonne. Qui s'en dévêt. Dans une heure le phare de Tanger luira : Jacques Bernis, jusqu'au phare de Tanger, va se souvenir.

DEUXIÈME PARTIE

1

Je dois revenir en arrière, raconter ces deux mois passés, autrement qu'en resterait-il? Quand les événements que je vais dire auront peu à peu terminé leur faible remous, leurs cercles concentriques, sur ceux des personnages qu'ils ont simplement effacés, comme l'eau refermée d'un lac, quand seront amorties les émotions poignantes, puis moins poignantes, puis douces que je leur dois, le monde de nouveau me paraîtra sûr. Ne puis-je pas me promener déjà, là où devrait m'être cruel le souvenir de Geneviève et de Bernis, sans qu'à peine le regret me touche?

Deux mois plus tôt, il montait vers Paris,

mais, après tant d'absence, on ne retrouve plus sa place : on encombre une ville. Il n'était plus que Jacques Bernis habillé d'un veston qui sentait le camphre. Il se mouvait dans un corps engourdi, maladroit, et demandait à ses cantines, trop bien rangées dans un coin de la chambre, tout ce qu'elles révélaient d'instable, de provisoire : cette chambre n'était pas conquise encore par du linge blanc, par des livres.

« Allô... C'est toi? » Il recense les amitiés. On s'exclame, on le félicite :

— Un revenant! Bravo!

— Eh oui! Quand te verrai-je?

On n'est justement pas libre aujourd'hui. Demain? Demain on joue au golf, mais qu'il vienne aussi. Il ne veut pas? Alors après-demain. Dîner. Huit heures précises.

Il entre, pesant, dans un dancing, garde, parmi les gigolos, son manteau comme un vêtement d'explorateur. Ils vivent leur nuit dans cette enceinte comme des goujons dans un aquarium, tournent un madrigal, dansent, reviennent boire. Bernis dans ce milieu flou, où seul il garde sa raison, se sent lourd comme un portefaix, pèse droit sur ses jambes. Ses pensées n'ont point de halo. Il avance, parmi les tables, vers une place libre. Les yeux des femmes qu'il touche des siens se dérobent, semblent s'éteindre. Les jeunes gens s'écartent flexibles pour qu'il passe. Ainsi, la nuit, les cigarettes des sentinelles, à mesure que l'officier de ronde avance, tombent des doigts.

Ce monde, nous le retrouvions chaque fois, comme les matelots bretons retrouvent leur village de carte postale et leur fiancée trop fidèle, à leur retour à peine vieillie. Toujours pareille, la gravure d'un livre d'enfance. A reconnaître tout si bien en place, si bien réglé par le destin, nous avions peur de quelque chose d'obscur. Bernis s'informait d'un ami : « Mais oui. Le même. Ses affaires ne vont pas bien fort. Enfin tu sais... la vie. » Tous étaient prisonniers d'eux-mêmes, limités par ce frein obscur et non comme lui, ce fugitif, cet enfant pauvre, ce magicien.

Les visages de ses amis à peine usés, à peine amincis par deux hivers, par deux étés. Cette femme dans un coin du bar : il la reconnaissait. Le visage à peine fatigué d'avoir servi tant de sourires. Ce barman : le même. Il eut peur d'en être reconnu, comme si cette voix en l'interpellant devait ressusciter en lui un Bernis mort, un Bernis sans ailes, un Bernis qui ne s'était pas évadé.

Peu à peu, pendant le retour, un paysage se bâtissait déjà autour de lui, comme une prison. Les sables du Sahara, les rochers d'Espagne, étaient peu à peu retirés, comme des vêtements de théâtre, du paysage vrai qui allait transparaître. Enfin, dès la frontière franchie, Perpignan servie par sa plaine. Cette plaine où traînait encore le soleil, en coulées obliques, allongées, à chaque minute plus élimées, ces vêtements d'or, çà et là sur l'herbe, à chaque minute plus fragiles, plus transparents et qui ne s'éteignent pas mais s'évaporent. Alors ce limon vert, sombre et doux sous l'air bleu. Ce fond tranquille. Moteur au ralenti, cette plongée vers ce fond de mers où tout repose, où tout prend l'évidence et la durée d'un mur.

Ce trajet en voiture de l'aéroport vers la gare. Ces visages en face du sien fermés, durcis. Ces mains qui portaient leur destin gravé et reposaient à plat sur les genoux, si lourdes. Ces paysans frôlés qui revenaient des champs. Cette jeune fille devant sa porte qui guettait un homme entre cent mille, qui avait renoncé à cent mille espérances. Cette mère qui berçait un enfant, qui en était déjà prisonnière, qui ne pouvait fuir.

Bernis directement posé au secret des choses revenait au pays par le sentier le plus intime, les mains dans les poches, sans valise, pilote de ligne. Dans le monde le plus immuable où, pour toucher un mur, pour allonger un champ, il fallait vingt ans de procès.

Après deux ans d'Afrique et de paysages mouvants et toujours changeants comme la face de la mer, mais qui, un à un dérobés, laissaient nu ce vieux paysage, le seul, l'éternel, celui dont il était sorti, il prenait pied sur un vrai sol, archange triste.

« Et voilà tout pareil... »

Il avait craint de trouver les choses différentes et voici qu'il souffrait de les découvrir si semblables. Il n'attendait plus des rencontres, des amitiés qu'un ennui vague. De loin on imagine. Les tendresses, au départ, on les abandonne derrière soi avec une morsure au cœur, mais aussi avec un étrange sentiment de trésor enfoui sous terre. Ces fuites quelquefois témoignent de tant d'amour avare. Une nuit dans le Sahara peuplé d'étoiles, comme il rêvait à ces tendresses lointaines, chaudes et couvertes par la nuit, par le temps, comme des semences, il eut ce brusque sentiment : s'être écarté un peu pour regarder dormir. Appuyé à l'avion en panne, devant cette courbe du sable, ce fléchissement de l'horizon, il veillait ses amours comme un berger...

« Et voici ce que je retrouve! »

Et Bernis m'écrivit un jour :

... Je ne te parle pas de mon retour : je me crois le maître des choses quand les émotions me

35

répondent. Mais aucune ne s'est réveillée. J'étais pareil à ce pèlerin qui arrive une minute trop tard à Jérusalem. Son désir, sa foi venaient de mourir : il trouve des pierres. Cette ville ici : un mur. Je veux repartir. Te souviens-tu de ce premier départ? Nous l'avons fait ensemble. Murcie, Grenade couchées comme des bibelots dans leur vitrine et, car nous n'atterrissions pas, ensevelies dans le passé. Déposées là par les siècles qui se retirent. Le moteur faisait ce bruit dense qui existe seul et derrière lequel le paysage passe en silence comme un film. Et ce froid, car nous volions haut : ces villes prises dans la glace. Tu te souviens?

J'ai gardé les papiers que tu me passais :

« Surveille ce cliquetis bizarre... ne t'engage pas sur le détroit si ça augmente. »

Deux heures après, à Gibraltar : « Attends Tarifa pour traverser : meilleur. »

A Tanger : « Ne te pose pas trop long : terrain mou. »

Simplement. Avec ces phrases-là, on gagne le monde. J'avais la révélation d'une stratégie que ces ordres brefs rendaient si forte. Tanger, cette petite ville de rien du tout, c'était ma première conquête. C'était, vois-tu, c'était mon premier cambriolage. Oui. A la verticale, d'abord, mais si loin. Puis, pendant la descente, cette éclosion des prés, des fleurs, des maisons. Je ramenais au jour une ville engloutie et qui devenaît vivante. Et tout à coup cette découverte merveilleuse : à cinq cents mètres du terrain cet Arabe qui labourait, que je tirais à moi, dont je faisais un homme à mon échelle, qui était vraiment mon butin de guerre ou ma création ou mon jeu. J'avais pris un otage et l'Afrique m'appartenait.

Deux minutes plus tard, debout sur l'herbe, j'étais jeune, comme posé dans quelque étoile où la vie recommence. Dans ce climat neuf. Je me sentais dans ce sol, dans ce ciel, comme un jeune arbre. Et je m'étirais du voyage avec cette adorable faim. Je faisais des pas allongés, flexibles, pour me délasser du pilotage et je riais d'avoir rejoint mon ombre : l'atterrissage.

Et ce printemps! Te souviens-tu de ce printemps après la pluie grise de Toulouse? Cet air si neuf qui circulait entre les choses. Chaque femme contenait un secret : un accent, un geste, un silence. Et toutes étaient désirables. Et puis, tu me connais, cette hâte de repartir, de chercher plus loin ce que je pressentais et ne comprenais pas, car j'étais ce sourcier dont le coudrier tremble et qu'il promène sur le monde jusqu'au trésor.

Mais dis-moi donc ce que je cherche et pourquoi contre ma fenêtre, appuyé à la ville de mes amis, de mes désirs, de mes souvenirs, je désespère? Pourquoi, pour la première fois, je ne découvre pas de source et me sens si loin du

trésor? Quelle est cette promesse obscure que
l'on m'a faite et qu'un dieu obscur ne tient pas?

J'ai retrouvé la source. T'en souviens-tu?
C'est Geneviève...

En lisant ce mot de Bernis, Geneviève, j'ai
fermé les yeux et vous ai revue petite fille.
Quinze ans quand nous en avions treize.
Comment auriez-vous vieilli dans nos souvenirs? Vous étiez restée cette enfant fragile,
et c'est elle, quand nous entendions parler
de vous, que nous hasardions, surpris, dans
la vie.

Tandis que d'autres poussaient devant
l'Autel une femme déjà faite, c'est une petite
fille que Bernis et moi, du fond de l'Afrique,
avons fiancée. Vous avez été, enfant de quinze
ans, la plus jeune des mères. A l'âge où l'on
écorche aux branches des mollets nus, vous
exigiez un vrai berceau, jouet royal. Et tandis
que parmi les vôtres, qui ne devinaient pas
le prodige, vous faisiez dans la vie d'humbles
gestes de femme, vous viviez pour nous un

conte enchanté et vous entriez dans le monde par la porte magique — comme dans un bal costumé, un bal d'enfants — déguisée en épouse, en mère, en fée...

Car vous étiez fée. Je me souviens. Vous habitiez sous l'épaisseur des murs une vieille maison. Je vous revois vous accoudant à la fenêtre, percée en meurtrière, et guettant la lune. Elle montait. Et la plaine commençait à bruire et secouait aux ailes des cigales ses crécelles, au ventre des grenouilles ses grelots, au cou des bœufs qui rentraient, ses cloches. La lune montait. Parfois du village un glas s'élevait, portant aux grillons, aux blés, aux cigales, l'inexplicable mort. Et vous vous penchiez en avant, inquiète pour les fiancés seulement, car rien n'est aussi menacé que l'espérance. Mais la lune montait. Alors couvrant le glas, les chats-huants s'appelaient l'un l'autre pour l'amour. Les chiens errants l'assiégeaient en cercle et criaient vers elle. Et chaque arbre, chaque herbe, chaque roseau était vivant. Et la lune montait.

Alors vous nous preniez les mains et vous nous disiez d'écouter parce que c'étaient les bruits de la terre et qu'ils rassuraient et qu'ils étaient bons.

Vous étiez si bien abritée par cette maison et, autour d'elle, par cette robe vivante de la terre. Vous aviez conclu tant de pactes avec les tilleuls, avec les chênes, avec les troupeaux que nous vous nommions leur princesse. Votre visage s'apaisait par degrés quand, le soir, on rangeait le monde pour la nuit. « Le fermier a rentré ses bêtes. » Vous le lisiez aux lumières lointaines des étables. Un bruit sourd : « On ferme l'écluse. » Tout était en ordre. Enfin le rapide de sept heures du soir faisait son orage, doublait la province et s'évadait, nettoyant enfin votre monde de ce qui est inquiet, mobile, incertain comme un visage aux vitres des sleepings. Et c'était le dîner dans une salle à manger trop grande, mal éclairée, où tu devenais la reine de la nuit car nous te surveillions sans relâche comme des espions. Tu t'asseyais silencieuse parmi de vieilles gens, au centre de ces boiseries et penchée en avant, n'offrant que ta seule chevelure à l'enclos doré des abat-jour, couronnée de lumière, tu régnais. Tu nous paraissais éternelle d'être si bien liée aux choses, si sûre des choses, de tes pensées, de ton avenir. Tu régnais...

Mais nous voulions savoir s'il était possible de te faire souffrir, de te serrer dans les bras jusqu'à t'étouffer, car nous sentions en toi une présence humaine que nous désirions amener au jour. Une tendresse, une détresse que nous désirions amener aux yeux. Et Bernis te prenait dans les bras et tu rougissais.

40

Et Bernis te serrait plus fort et tes yeux devenaient brillants de larmes sans que tes lèvres se soient enlaidies, comme aux vieilles qui pleurent, et Bernis me disait que ces larmes venaient du cœur soudain rempli, plus précieuses que des diamants, et que celui qui les boirait serait immortel. Il me disait aussi que tu habitais ton corps, comme cette fée sous les eaux, et qu'il connaissait mille sortilèges pour te ramener à la surface, dont le plus sûr était de te faire pleurer. C'est ainsi que nous te volions de l'amour. Mais, quand nous te lâchions, tu riais et ce rire nous remplissait de confusion. Ainsi un oiseau, moins serré, s'envole.

« Geneviève, lis-nous des vers. »

Tu lisais peu et nous pensions que déjà tu connaissais tout. Nous ne t'avons jamais vue étonnée.

« Lis-nous des vers... »

Tu lisais, et, pour nous, c'étaient des enseignements sur le monde, sur la vie, qui nous venaient non du poète, mais de ta sagesse. Et les détresses des amants et les pleurs des reines devenaient de grandes choses tranquilles. On mourait d'amour avec tant de calme dans ta voix...

« Geneviève, est-ce vrai que l'on meurt d'amour? »

Tu suspendais les vers, tu réfléchissais gravement. Tu cherchais sans doute la réponse chez les fougères, les grillons, les abeilles et tu répondais « oui » puisque les abeilles en meurent. C'était nécessaire et paisible.

« Geneviève, qu'est-ce qu'un amant? »

Nous désirions te faire rougir. Tu ne rougissais pas. A peine moins légère tu regardais de face l'étang tremblant de lune. Nous pensions qu'un amant, c'était pour toi cette lumière.

« Geneviève, as-tu un amant? »

Cette fois-ci tu rougirais! Mais non. Tu souriais sans gêne. Tu secouais la tête. Dans ton royaume, une saison apporte les fleurs, l'automne les fruits, une saison apporte l'amour : la vie est simple.

« Geneviève, sais-tu ce que nous ferons plus tard? » — Nous voulions t'éblouir et nous t'appelions : faible femme. — « Nous serons, faible femme, des conquérants. » Nous t'expliquions la vie. Les conquérants qui reviennent chargés de gloire et prennent pour maîtresse celle qu'ils aimaient.

« Alors nous serons tes amants. Esclave, lis-nous des vers... »

Mais tu ne lisais plus. Tu repoussais le livre. Tu sentais soudain ta vie si certaine, comme un jeune arbre se sentirait croître et développer la graine au jour. Il n'était plus rien que de nécessaire. Nous étions des conquérants de fable, mais toi, tu t'appuyais sur tes fougères, tes abeilles, tes chèvres, tes étoiles, tu écoutais les voix de tes grenouilles, tu tirais ta confiance de toute cette vie qui montait et autour de toi dans la paix nocturne et en toi-même de tes chevilles vers ta nuque pour ce destin inexprimable et pourtant sûr.

Et comme la lune était haute et qu'il était temps de dormir, tu fermais la fenêtre et la lune brillait derrière la vitre. Et nous te disions que tu avais fermé le ciel comme une vitrine et que la lune y était prise et une poignée d'étoiles, car nous cherchions par tous les symboles, par tous les pièges, à t'entraîner, sous les apparences, dans ce fond des mers où nous appelait notre inquiétude.

... J'ai retrouvé la source. C'est elle qu'il me fallait pour me reposer du voyage. Elle est présente. Les autres... Il est des femmes dont nous disions qu'elles sont, après l'amour, rejetées au loin dans les étoiles, qui ne sont rien qu'une construction du cœur. Geneviève... tu te souviens, nous la disions, elle, habitée. Je l'ai retrouvée comme on retrouve le sens des choses et je marche à son côté dans un monde dont je découvre enfin l'intérieur...

Elle lui venait de la part des choses. Elle servait d'intermédiaire, après mille divorces, pour mille mariages. Elle lui rendait ces marronniers, ce boulevard, cette fontaine. Chaque chose portait de nouveau ce secret au centre qui est son âme. Ce parc n'était plus peigné, rasé et dépouillé comme pour un Américain, mais justement on y rencontrait ce désordre dans les allées, ces feuilles sèches, ce mouchoir perdu qu'y laisse le pas des amants. Et ce parc devenait un piège.

II

Elle n'a jamais parlé d'Herlin, son mari, à
Bernis, mais ce soir : « Un dîner ennuyeux,
Jacques, des tas de gens : dînez avec nous, je
serai moins seule! »

Herlin fait des gestes. Trop. Pourquoi
cette assurance qu'il dépouillera dans l'intimité? Elle le regarde avec inquiétude. Cet
homme pousse en avant un personnage qu'il
se compose. Non par vanité, mais pour croire
en soi. « Très juste, mon cher, votre observa-
tion. » Geneviève détourne la tête, écœurée :
ce geste rond, ce ton, cette sûreté apparente!

— Garçon! Cigares.

Elle ne l'a jamais vu si actif, ivre, il semble,
de son pouvoir. Dans un restaurant, sur un
tréteau, on conduit le monde. Un mot touche
une idée et la renverse. Un mot touche le
garçon, le maître d'hôtel et les met en branle.

Geneviève sourit à demi : pourquoi ce dîner politique? Pourquoi depuis six mois cette lubie de politique? Il suffit à Herlin, pour se croire fort, de sentir passer par lui des idées fortes, de sentir naître en lui des attitudes fortes. Alors, émerveillé, il s'écarte un peu de sa statue et se contemple.

Elle les abandonne à leur jeu et se retourne vers Bernis :

— Enfant prodigue, parlez-moi du désert... quand nous reviendrez-vous pour toujours?

Bernis la regarde.

Bernis devine une enfant de quinze ans, qui lui sourit sous la femme inconnue, comme dans les contes de fées. Une enfant qui se cache mais ébauche ce geste et se dénonce : Geneviève, je me souviens du sortilège. Il faudra vous prendre dans les bras et vous serrer jusqu'à vous faire mal, et c'est elle, ramenée au jour, qui va pleurer...

Les hommes, maintenant, penchent vers Geneviève leurs plastrons blancs et font leur métier de séducteurs, comme si l'on gagnait la femme avec des idées, avec des images, comme si la femme était le prix d'un tel concours. Son mari aussi se fait charmant et la désirera ce soir. Il la découvre quand les autres l'ont désirée. Quand, dans sa robe du soir, son éclat, son désir de plaire, sous la femme a brillé un peu la courtisane. Elle

46

pense : il aime ce qui est médiocre. Pourquoi ne l'aime-t-on jamais tout entière? On aime une part d'elle-même, mais on laisse l'autre dans l'ombre. On l'aime comme on aime la musique, le luxe. Elle est spirituelle ou sentimentale et on la désire. Mais ce qu'elle croit, ce qu'elle sent, ce qu'elle porte en elle... on s'en moque. Sa tendresse pour son enfant, ses soucis les plus raisonnables, toute cette part d'ombre : on la néglige.

Chaque homme près d'elle devient veule. Il s'offense avec elle, s'attendrit avec elle et semble dire pour lui plaire : je serai l'homme que vous voudrez. Et c'est vrai. Cela n'a pour lui aucune importance. Ce qui aurait de l'importance serait de coucher avec elle.

Elle ne pense pas toujours à l'amour : elle n'a pas le temps!

Elle se souvient des premiers jours de ses fiançailles. Elle sourit : Herlin découvre soudain qu'il est amoureux (sans doute l'avait-il oublié?). Il veut lui parler, l'apprivoiser, la conquérir : « Eh! Je n'ai pas le temps... » Elle marchait devant lui dans le sentier et d'une baguette nerveuse fauchait de jeunes branches sur le rythme d'une chanson. La terre mouillée sentait bon. Les branches se rabattaient en pluie sur le visage. Elle se répétait : « Je n'ai pas le temps... pas le temps! » Il fallait d'abord courir à la serre surveiller ses fleurs.

— Geneviève, vous êtes une enfant
cruelle!

— Oui. Bien sûr. Regardez mes roses, elles
pèsent lourd! C'est admirable, une fleur qui
pèse lourd.

— Geneviève, laissez-moi vous embrasser...

— Bien sûr. Pourquoi pas? Aimez-vous mes
roses?

Les hommes aiment toujours ses roses.

« Mais non, mais non, mon petit Jacques,
je ne suis pas triste. » Elle se penche à demi
vers Bernis : « Je me souviens... j'étais une
drôle de petite fille. Je m'étais fait un Dieu à
mon idée. S'il me venait un désespoir d'enfant,
je pleurais tout le jour sur l'irréparable. Mais,
la nuit, dès la lampe soufflée, j'allais retrouver
mon ami. Je lui disais dans ma prière : voilà
ce qui m'arrive et je suis bien trop faible pour
réparer ma vie gâchée. Mais je vous donne
tout : vous êtes bien plus fort que moi. Dé-
brouillez-vous. Et je m'endormais. »

Et puis, parmi les choses peu sûres, il en est
tant d'obéissantes. Elle régnait sur les livres,
les fleurs, les amis. Elle entretenait avec eux
des pactes. Elle savait le signe qui fait sourire,
le mot de ralliement, le seul : « Ah! c'est vous,
mon vieil astrologue... » Ou quand Bernis
entrait : « Asseyez-vous, enfant prodigue... »
Chacun était lié à elle par un secret, par cette
douceur d'être découvert, d'être compromis.

L'amitié la plus pure devenait riche comme un crime.

« Geneviève, disait Bernis, vous régnez toujours sur les choses. »

Les meubles du salon, elle les remuait un peu, ce fauteuil elle le tirait, et l'ami trouvait enfin, là, surpris, sa vraie place dans le monde. Après la vie de tout un jour, quel tumulte silencieux de musique éparse, de fleurs abîmées : tout ce que l'amitié saccage sur terre. Geneviève, sans bruit, faisait la paix dans son royaume. Et Bernis sentait si lointaine en elle, si bien défendue la petite fille captive qui l'avait aimé...

Mais les choses, un jour, se révoltèrent.

-— Laisse-moi dormir...

— C'est inconcevable! Lève-toi. L'enfant étouffe.

Jetée hors du sommeil, elle courut au lit. L'enfant dormait. Lustré par la fièvre, la respiration courte, mais calme. Dans son demi-sommeil, Geneviève imaginait le souffle pressé des remorqueurs. « Quel travail! » Et cela durait depuis trois jours! Incapable de penser à rien, elle resta courbée sur le malade.

— Pourquoi m'as-tu dit qu'il étouffait? Pourquoi m'as-tu fait peur?...

Son cœur battait encore d'un tel sursaut.

Herlin répondit :

— J'ai cru.

Elle savait qu'il mentait. Touché par quelque angoisse, incapable de souffrir seul, il faisait partager cette angoisse. La paix du monde, quand il souffrait, lui devenait insupportable. Et pourtant, après trois nuits de veille, elle avait besoin d'une heure de repos. Déjà, elle ne savait plus où elle en était.

Elle pardonnait ces mille chantages parce que les mots... quelle importance? Ridicule, cette comptabilité du sommeil!

— Tu n'es pas raisonnable, dit-elle seulement, puis, pour l'adoucir : « Tu es un enfant... »

Sans transition, elle demanda l'heure à la garde.

— Deux heures vingt.

— Ah! oui?

Geneviève répétait « deux heures vingt... » Comme si s'imposait un geste urgent. Mais non. Il n'y avait rien qu'à attendre, comme en voyage. Elle tapota le lit, rangea les fioles, toucha la fenêtre. Elle créait un ordre invisible et mystérieux.

— Vous devriez dormir un peu, disait la garde.

Puis le silence. Puis, de nouveau, l'oppression d'un voyage où le paysage invisible court.

— Cet enfant qu'on a regardé vivre, qu'on a chéri..., déclamait Herlin. Il désirait se faire plaindre par Geneviève. Ce rôle de père malheureux...

— Occupe-toi, mon vieux, fais quelque chose! conseillait doucement Geneviève. Tu as un rendez-vous d'affaires : vas-y!

Elle le poussait par les épaules, mais il cultivait sa douleur :

— Comment veux-tu! Dans un moment pareil...

Dans un moment pareil, se disait Geneviève, mais... mais plus que jamais! Elle éprouvait un étrange besoin d'ordre. Ce vase déplacé, ce manteau d'Herlin traînant sur un meuble, cette poussière sur la console, c'était... c'étaient des pas gagnés par l'ennemi. Des indices d'une débâcle obscure. Elle luttait contre cette débâcle. L'or des bibelots, les meubles rangés sont des réalités claires à la surface. Tout ce qui est sain, net et luisant semblait, à Geneviève, protéger de la mort qui est obscure.

Le médecin disait : « Cela peut s'arranger : l'enfant est fort. » Bien sûr. Quand il dormait, il se cramponnait à la vie de ses petits poings fermés. C'était si joli. C'était si solide.

— Madame, vous devriez sortir un peu, vous promener, disait la garde; j'irai ensuite. Sans quoi nous n'allons pas tenir.

Et le spectacle était étrange de cet enfant qui épuisait deux femmes. Qui, les yeux clos, la respiration courte, les entraînait au bout du monde.

Et Geneviève sortait pour fuir Herlin. Il lui faisait des conférences : « Mon devoir le plus élémentaire... Ton orgueil... » Elle ne comprenait rien à toutes ces phrases, parce qu'elle avait sommeil, mais certains mots l'étonnaient au passage comme « orgueil ». Pourquoi orgueil? Qu'est-ce que ça vient faire ici?

Le médecin s'étonnait de cette jeune femme qui ne pleurait pas, ne prononçait aucun mot inutile, et le servait comme une infirmière précise. Il admirait cette petite servante de la vie. Et pour Geneviève, ces visites étaient les instants les meilleurs du jour. Non qu'il la consolât : il ne disait rien. Mais parce qu'en lui ce corps d'enfant était situé exactement. Parce que tout ce qui est grave, obscur, malsain, était exprimé. Quelle protection dans cette lutte contre l'ombre! Et cette opération même de l'avant-veille... Herlin geignait dans le salon. Elle était restée. Le chirurgien entrait dans la chambre en blouse blanche, comme la puissance tranquille du jour. L'interne et lui commençaient un combat rapide. Des mots nus, des ordres; *chloroforme* puis *serrez* puis *iode* détachés à voix basse et dépouillés d'émotion. Et tout à coup, comme Bernis dans son avion, elle avait eu la révélation d'une stratégie si forte : on allait vaincre.

— Comment peux-tu voir ça, disait Herlin, tu es donc une mère sans cœur?

Un matin, devant le médecin, elle glissa doucement le long d'un fauteuil, évanouie.

Quand elle revint à elle, il ne lui parla ni de courage ni d'espoir, ni n'exprima aucune pitié. Il la regarda gravement et lui dit : « Vous vous fatiguez trop. Ce n'est pas sérieux. Je vous donne l'ordre de sortir cet après-midi. N'allez pas au théâtre, les gens seraient trop bornés pour comprendre, mais faites quelque chose d'analogue. »

Et il pensait :

« Voilà ce que j'ai vu de plus vrai au monde. »

La fraîcheur du boulevard la surprit. Elle marchait et éprouvait un grand repos à se souvenir de son enfance. Des arbres, des plaines. Des choses simples. Un jour, beaucoup plus tard, cet enfant lui était venu et c'était quelque chose d'incompréhensible et en même temps de plus simple encore. Une évidence plus forte que les autres. Elle avait servi cet enfant à la surface des choses et parmi d'autres choses vivantes. Et les mots n'existaient pas pour décrire ce qu'elle avait tout de suite éprouvé. Elle s'était sentie... mais oui, c'est cela : intelligente. Et sûre d'elle-même et liée à tout et faisant partie d'un grand concert. Elle s'était fait porter le soir près de sa fenêtre. Les arbres visaient, montaient, tiraient un printemps du sol : elle était leur égale. Et son enfant près d'elle respirait faiblement et c'était le moteur du monde et sa faible respiration animait le monde.

Mais depuis trois jours quel désarroi. Le moindre geste — ouvrir la fenêtre, la fermer — devenait lourd de conséquences. On ne savait plus quel geste faire. On touchait les fioles, les draps, l'enfant, sans connaître la portée du geste dans un monde obscur.

Elle passait devant un antiquaire. Geneviève songeait aux bibelots de son salon comme à des pièges pour le soleil. Tout ce qui retient la lumière lui plaisait, tout ce qui émerge, bien éclairé, à la surface. Elle s'arrêta pour savourer dans ce cristal un sourire silencieux : celui qui luit aux bons vieux vins. Elle mêlait, dans sa conscience fatiguée, lumière, santé, certitude de vivre et désira pour cette chambre d'enfant fuyant, ce reflet posé comme un clou d'or.

IV

Herlin revenait à la charge. « Et tu as le cœur de t'amuser, de flâner chez les antiquaires! Je ne te le pardonnerai jamais! C'est... — il cherchait ses mots — c'est monstrueux, c'est inconcevable, c'est indigne d'une mère! » Il avait machinalement tiré une cigarette et balançait d'une main un étui rouge. Geneviève entendit encore : « Le respect de soi-même! » Elle pensait aussi : « Va-t-il allumer sa cigarette? »

— Oui..., lâcha lentement Herlin, il avait gardé cette révélation pour la fin : « Oui... Et pendant que la mère s'amuse, l'enfant vomit du sang! »

Geneviève devint très pâle.

Elle voulut quitter la pièce, il lui barra la porte. « Reste! » Il avait le souffle court d'une bête. Cette angoisse qu'il avait supportée seul, il la ferait payer!

— Tu vas me faire du mal et ensuite tu t'en voudras, lui dit simplement Geneviève.

Mais cette remarque destinée à la baudruche pleine de vent qu'il était, à sa nullité en face des choses, fut le coup de fouet décisif sur son exaltation. Et il déclama. Oui, elle avait toujours été indifférente à ses efforts, coquette, légère. Oui, il avait été longtemps la dupe, lui Herlin, qui plaçait en elle toute sa force. Oui. Mais tout cela n'était rien : il en souffrait seul, on est toujours seul dans la vie... Geneviève excédée se détournait : il la ramena face à lui et détacha :

— Mais les fautes des femmes se paient.

Et comme elle se dérobait encore, il s'imposa par un outrage :

— L'enfant meurt : c'est le doigt de Dieu!

Sa colère tombe d'un seul coup comme après un meurtre. Ce mot lâché, il en reste lui-même stupide. Geneviève toute blanche fait un pas vers la porte. Il devine quelle image elle emporte de lui quand la seule qu'il voulait former était noble. Et le désir lui vient d'effacer cette image, de réparer, de faire entrer de force en elle une image douce.

D'une voix tout à coup brisée :

— Pardon... reviens... j'ai été fou!

La main sur le loquet et tournée à demi

vers lui, elle lui semble un animal sauvage prêt à fuir s'il bouge. Il ne bouge pas.

— Viens... j'ai à te parler... c'est difficile...

Elle reste immobile : de quoi a-t-elle peur ? Il s'irrite presque d'une crainte si vaine. Il veut lui dire qu'il était fou, cruel, injuste, qu'elle seule est vraie, mais il faut d'abord qu'elle s'approche, qu'elle témoigne de la confiance, qu'elle se livre. Alors il s'humiliera devant elle. Alors elle comprendra... mais voici qu'elle tourne déjà le loquet.

Il allonge le bras et lui saisit brusquement le poignet. Elle le considère avec un mépris écrasant. Il se bute : il faut à tout prix maintenant la tenir sous son joug, lui montrer sa force, lui dire :

— Vois : j'ouvre les mains.

Il tira d'abord doucement, puis durement sur le bras fragile. Elle leva la main, prête à le gifler, mais il paralysa cette autre main. Maintenant il lui faisait mal. Il sentait qu'il lui faisait mal. Il pensait aux enfants qui se sont saisis d'un chat sauvage et, pour l'apprivoiser de force, l'étranglent presque, pour le caresser de force. Pour être doux. Il respirait profondément : « Je lui fais du mal, tout est perdu. » Il éprouva quelques secondes l'envie folle d'étouffer avec Geneviève cette image

58

de lui qu'il formait et qui l'épouvantait lui-même.

Il desserra enfin les doigts avec un sentiment étrange d'impuissance et de vide. Elle s'écartait sans hâte, comme si vraiment il n'était plus à craindre, comme si quelque chose la plaçait soudain hors de portée. Il n'existait pas. Elle s'attarda, refit lentement sa coiffure et, toute droite, sortit.

Le soir, quand Bernis vint la voir, elle ne lui parla de rien. On n'avoue pas ces choses-là. Mais elle lui fit raconter des souvenirs de leur commune enfance et de sa vie à lui, là-bas. Et cela parce qu'elle lui confiait une petite fille à consoler et qu'on les console avec des images.

Elle appuyait son front à cette épaule et Bernis crut que Geneviève, tout entière, trouvait là son refuge. Sans doute le croyait-elle aussi. Sans doute ne savaient-ils pas que l'on aventure, sous la caresse, bien peu de soi-même.

V

— Vous chez moi, à cette heure-ci, Geneviève... Comme vous êtes pâle...

Geneviève se tait. La pendule fait un tic-tac
insupportable. La lumière de la lampe se
mêle déjà à celle de l'aube, breuvage maus-
sade qui donne la fièvre. Cette fenêtre écœure.
Geneviève fait un effort!

— J'ai vu de la lumière, je suis venue... et
ne trouve plus rien à dire.

— Oui, Geneviève, je... je bouquine, voyez-
vous...

Les livres brochés font des taches jaunes,
blanches, rouges. « Des pétales », pense Geneviève. Bernis attend. Geneviève reste immobile.

— Je rêvais dans ce fauteuil-là, Geneviève,
j'ouvrais un livre, puis l'autre, j'avais l'impression d'avoir tout lu.

Il donne cette image de vieillard pour cacher son exaltation, et de sa voix la plus tranquille :

— Vous avez à me parler, Geneviève?...

Mais au fond de lui-même, il pense : « C'est un prodige de l'amour. »

Geneviève lutte contre une seule idée : il ne sait pas... Et le regarde avec étonnement. Elle ajoute tout haut :

— Je suis venue...

Et passe sa main sur son front.

Les vitres blanchissent, versent dans la pièce une lumière d'aquarium. « La lampe se fane », pense Geneviève.

Puis tout à coup avec détresse :

— Jacques, Jacques, emmenez-moi!

Bernis est pâle et la prend dans ses bras et la berce.

Geneviève ferme les yeux :

— Vous allez m'emporter...

Le temps fuit sur cette épaule sans faire de mal. C'est presque une joie de renoncer à tout : on s'abandonne, on est emportée par le courant, il semble que sa propre vie s'écoule... s'écoule. Elle rêve tout haut « sans me faire de mal ».

Bernis lui caresse le visage. Elle se souvient de quelque chose : « Cinq ans, cinq ans... et c'est permis! » Elle pense encore : « Je lui ai tant donné... »

— Jacques!... Jacques... Mon fils est mort...

« Voyez-vous, j'ai fui la maison. J'ai un tel besoin de paix. Je n'ai pas compris encore, je n'ai pas encore de peine. Suis-je une femme sans cœur? Les autres pleurent et voudraient bien me consoler. Ils sont émus d'être si bons. Mais vois-tu... Je n'ai pas encore de souvenirs.

« A toi, je puis tout raconter. La mort vient dans un grand désordre : les piqûres, les pansements, les télégrammes. Après quelques nuits sans sommeil on croit rêver. Pendant les consultations on appuie au mur sa tête qui est creuse.

« Et les discussions avec mon mari, quel cauchemar! Aujourd'hui, un peu avant... il m'a prise au poignet et j'ai cru qu'il allait le tordre. Tout ça pour une piqûre. Mais je savais bien... ce n'était pas l'heure. Ensuite il voulait mon pardon, mais ce n'était pas important! Je répondais : " Oui... oui... Laisse-moi rejoindre mon fils. " Il barrait la porte : " Pardonne-moi... j'en ai besoin! " Un vrai caprice. " Voyons, laisse-moi passer. Je te pardonne. " Lui : " Oui des lèvres mais non du cœur. " Et ainsi de suite, j'en devenais folle.

« Alors bien sûr, quand c'est fini on n'a pas de grand désespoir. On est presque étonnée de la paix, du silence. Je pensais... je

pensais : l'enfant se repose. C'est tout. Il me
semblait aussi que je débarquais au petit
jour, très loin, je ne sais où, et je ne savais
plus quoi faire. Je pensais : " On est arrivé. "
Je regardais les seringues, les drogues, je me
disais : " Ça n'a plus de sens... on est arrivé. "
Et je me suis évanouie. »

Soudain elle s'étonne :

— J'ai été folle de venir.

Elle sent que l'aube blanchit là-bas un
grand désastre. Les draps froids et défaits.
Des serviettes jetées sur les meubles, une
chaise tombée. Il faut qu'elle s'oppose en
hâte à cette débâcle des choses. Il faut tirer
en hâte ce fauteuil à sa place, ce vase, ce
livre. Il faut qu'elle s'épuise vainement à
refaire l'attitude des choses qui entourent la
vie.

VI

On est venu en visites de condoléances.
Quand on parle, on ménage des poses. On
laisse s'apaiser en elle les pauvres souvenirs
que l'on remue, et c'est un silence si indis-
cret... Elle se tenait toute droite. Elle prononçait sans faiblir les mots dont on faisait
le tour, le mot : mort. Elle ne veut pas que
l'on guette en elle l'écho des phrases que l'on
tente. Elle fixait droit dans les yeux pour
que l'on n'osât pas la regarder, mais, dès
qu'elle baissait les siens...

Et les autres... Ceux qui jusqu'à l'antichambre marchent avec un calme tranquille,
mais, de l'antichambre au salon, font quelques
pas précipités et perdent l'équilibre dans ses
bras. Pas un mot. Elle ne leur dira pas un
mot. Ils étouffent son chagrin. Ils pressent
sur leur sein une enfant crispée.

Son mari maintenant parle de vendre la maison. Il dit : « Ces pauvres souvenirs nous font du mal! » Il ment, la souffrance est presque une amie. Mais il s'agite, il aime les grands gestes. Il part ce soir pour Bruxelles. Elle doit le rejoindre : « Si vous saviez dans quel désordre est la maison... »

Tout son passé défait. Ce salon qu'une longue patience a composé. Ces meubles déposés là, non par l'homme, par le marchand, mais par le temps. Ces meubles ne meublaient pas le salon, mais sa vie. On tire loin de la cheminée ce fauteuil et loin du mur cette console. Et voici que tout s'échoue hors du passé, pour la première fois avec un visage nu.

— Et vous aussi, vous allez repartir? Elle ébauche un geste désespéré.

Mille pactes rompus. C'était donc un enfant qui tenait les liens du monde, autour de qui le monde s'ordonnait? Un enfant dont la mort est une telle défaite pour Geneviève? Elle se laisse aller :

— J'ai du mal...

Bernis lui parle doucement : « Je vous emporte. Je vous enlève. Vous souvenez-vous? Je vous disais qu'un jour je reviendrais. Je vous disais... » Bernis la serre dans ses bras et Geneviève renverse un peu la tête et ses yeux deviennent brillants de larmes et Bernis ne tient plus dans les bras, prisonnière, que cette petite fille en pleurs

Cap Juby, le...

Bernis, mon vieux, c'est jour de courrier. L'avion a quitté Cisneros. Bientôt il passera ici et t'emportera ces quelques reproches. J'ai beaucoup pensé à tes lettres et à notre princesse captive. En me promenant sur la plage hier, j'ai pensé que nous étions semblables à elle. Je ne sais pas bien si nous existons. Tu as vu, certains soirs, aux couchers de soleil tragiques, tout le fort espagnol, dans la plage luisante, sombrer. Mais ce reflet d'un bleu mystérieux n'est pas du même grain que le fort. Et c'est ton royaume. Pas très réel, pas très sûr... Mais, Geneviève, laisse-la vivre.

Oui, je sais, dans son désarroi d'aujourd'hui. Mais les drames sont rares dans la vie. Il y a si peu d'amitiés, de tendresses, d'amours à liquider. Malgré ce que tu dis d'Herlin, un homme ne compte pas beaucoup. Je crois... la vie s'appuie sur autre chose.

Ces coutumes, ces conventions, ces lois, tout ce dont tu ne sens pas la nécessité, tout ce dont tu t'es évadé... C'est cela qui lui donne un cadre. Il faut autour de soi, pour exister, des

réalités qui durent. Mais absurde ou injuste, tout ça n'est qu'un langage. Et Geneviève, emportée par toi, sera privée de Geneviève.

Et puis sait-elle ce dont elle a besoin? Cette habitude même de la fortune, qu'elle s'ignore. L'argent c'est ce qui permet la conquête des biens, l'agitation extérieure — et sa vie est intérieure — mais la fortune : c'est ce qui fait durer les choses. C'est le fleuve invisible, souterrain qui alimente un siècle les murs d'une demeure, les souvenirs : l'âme. Et tu vas lui vider sa vie comme on vide un appartement de mille objets que l'on ne voyait plus mais qui le composent.

Mais j'imagine que, pour toi, aimer c'est naître. Tu croiras emporter une Geneviève neuve. L'amour est, pour toi, cette couleur des yeux que tu voyais parfois en elle et qu'il sera facile d'alimenter comme une lampe. Et c'est vrai qu'à certaines minutes les mots les plus simples paraissent chargés d'un tel pouvoir et qu'il est facile de nourrir l'amour...

Vivre, sans doute, c'est autre chose.

VII

Geneviève est gênée de toucher ce rideau, ce fauteuil, doucement, mais comme des bornes que l'on découvre. Jusqu'à présent ces caresses des doigts étaient un jeu. Jusqu'à présent ce décor était si léger d'apparaître et de disparaître aux heures voulues, comme au théâtre. Elle, dont le goût était si sûr, ne s'était jamais demandé ce qu'étaient au juste ce tapis de Perse, cette toile de Jouy. Ils formaient jusqu'à aujourd'hui l'image d'un intérieur — et si doux — maintenant elle les rencontrait.

« Ce n'est rien, pensait Geneviève, je suis encore en étrangère dans une vie qui n'est pas la mienne. » Elle s'enfonçait dans un fauteuil et fermait les yeux. Ainsi dans la cabine de l'express. Chaque seconde que l'on subit jette en arrière maisons, forêts, villages. Pourtant, si l'on ouvre les yeux de sa couchette on ne voit qu'un anneau de cuivre, toujours le même. On est transformé sans le savoir. « Dans huit jours j'ouvrirai les yeux et je serai neuve : il m'emporte. »

— Que pensez-vous de notre demeure?

Pourquoi la réveiller déjà? Elle regarde. Elle ne sait exprimer ce qu'elle ressent : ce décor manque de durée. Sa charpente n'est pas solide...

— Approche-toi, Jacques, toi qui existes...

Ce demi-jour sur des divans, des tentures de garçonnière. Ces étoffes marocaines sur les murs. Tout cela en cinq minutes s'accroche, s'enlève.

— Pourquoi cachez-vous les murs, Jacques, pourquoi voulez-vous amortir le contact des doigts et des murs?...

Elle aime, de la paume, caresser la pierre, caresser ce qu'il y a dans la maison de plus sûr et de plus durable. Ce qui peut vous porter longtemps comme un navire...

Il montre ses richesses : « des souvenirs... » Elle comprend. Elle a connu des officiers de Coloniale qui menaient à Paris des vies de fantôme. Ils se retrouvaient sur les boulevards et s'étonnaient d'être vivants. On reconnaissait tant bien que mal, dans leur maison, cette

maison de Saigon, de Marrakech. On y parlait
de femmes, de camarades, de promotions;
mais ces draperies, qui étaient peut-être, là-
bas, la chair même des murs, ici semblaient
mortes.

Elle touchait du doigt des cuivres minces.

— Vous n'aimez pas mes bibelots?

— Pardonnez-moi, Jacques... C'est un peu...

Elle n'osait pas dire : « vulgaire ». Mais cette
sûreté du goût qui lui venait de n'avoir connu
et aimé que les vrais Cézannes, non des copies,
ce meuble authentique, non l'imitation, les
lui faisait obscurément mépriser. Elle était
prête à tout sacrifier, du cœur le plus généreux; il lui semblait qu'elle aurait supporté la
vie dans une cellule peinte à la chaux, mais
ici elle sentait un peu d'elle-même se compro-
mettre. Non sa délicatesse d'enfant riche,
mais, quelle idée étrange, sa droiture même. Il
devina sa gêne sans la comprendre.

— Geneviève, je ne puis vous conserver
tant de confort, je ne suis...

— Oh! Jacques! Vous êtes fou, qu'avez-
vous cru! Cela m'est bien égal — elle se serrait
dans ses bras —, simplement je préfère à vos
tapis un parquet bien simple, bien ciré... Je
vous arrangerai tout ça...

Puis elle s'interrompit, elle devinait que la
nudité qu'elle souhaitait était un luxe beaucoup plus grand, exigeait beaucoup plus des

objets que ces masques sur leur visage. Ce hall où elle jouait enfant, ces parquets de noyer brillant, ces tables massives qui pouvaient traverser les siècles sans se démoder ni vieillir...

Elle ressentait une étrange mélancolie. Non le regret de la fortune, de ce qu'elle autorise : elle avait sans doute moins que Jacques connu le superflu, mais elle comprenait précisément que, dans sa vie nouvelle, c'est de superflu qu'elle serait riche. Elle n'en avait pas besoin. Mais cette assurance de durée : elle ne l'aurait plus. Elle pensa : « Les choses duraient plus que moi. J'étais reçue, accompagnée, assurée d'être un jour veillée, et maintenant, je vais durer plus que les choses. »

Elle pense encore : « Lorsque j'allais à la campagne... » Elle revoit cette maison à travers les tilleuls épais. C'est ce qu'il y avait de plus stable qui arrivait à la surface : ce perron de pierres larges qui se continuait dans la terre.

Là-bas... elle songe à l'hiver. L'hiver qui sarcle tout le bois sec de la forêt et dépouille chaque ligne de la maison. On voit la charpente même du monde.

Geneviève passe et siffle ses chiens. Chacun de ses pas fait craquer les feuilles, mais après ce tri que l'hiver a fait, ce grand sarclage, elle sait qu'un printemps va remplir la trame,

monter dans les branches, éclater les bour-
geons, refaire neuves ces voûtes vertes qui ont
la profondeur de l'eau et son mouvement.

Là-bas, son fils n'a pas tout à fait disparu.
Quand elle entre dans le cellier tourner les
coings à demi mûrs, il vient à peine de s'échap-
per, mais après avoir tant couru, ô mon petit,
tant fait le fou, n'est-il pas sage de dormir?

Elle connaît là-bas le signe des morts et ne
le craint pas. Chacun ajoute son silence aux
silences de la maison. On lève les yeux de son
livre, on retient son souffle, on goûte l'appel
qui vient de s'éteindre.

Disparus? Quand parmi ceux qui sont changeants ils sont seuls durables, quand leur dernier visage enfin était si vrai que rien d'eux
ne pourra jamais le démentir!

« Maintenant je suivrai cet homme et je
vais souffrir et douter de lui. » Car cette confusion humaine de tendresse et de rebuffades,
elle ne l'a démêlée qu'en eux dont les parts
sont faites.

Elle ouvre les yeux : Bernis rêve.

— Jacques, il faut me protéger, je vais
partir pauvre, si pauvre!

Elle survivra à cette maison de Dakar, à
cette foule de Buenos Aires, dans un monde
où il n'y aura que des spectacles point nécessaires et à peine plus réels, si Bernis n'est pas
assez fort, que ceux d'un livre...

Mais il se penche vers elle et parle avec douceur. A cette image qu'il donne de lui, à cette tendresse d'essence divine elle veut bien s'efforcer de croire. Elle veut bien aimer l'image de l'amour : elle n'a que cette faible image pour la défendre...

Elle trouvera ce soir dans la volupté cette faible épaule, ce faible refuge, y enfoncera son visage comme une bête pour mourir.

VIII

— Où me conduisez-vous? Pourquoi me conduisez-vous là?

— Cet hôtel vous déplaît, Geneviève? Voulez-vous que nous repartions?

— Oui, repartons..., fit-elle avec crainte.

Les phares éclairaient mal. On s'enfonçait péniblement dans la nuit comme dans un trou. Bernis jetait parfois un coup d'œil de côté : Geneviève était blanche.

— Vous avez froid?

— Un peu, ça ne fait rien. J'ai oublié de prendre ma fourrure.

Elle était une petite fille très étourdie. Elle sourit.

Maintenant il pleuvait. « Pourriture! » se dit Jacques, mais il pensait encore qu'ainsi sont les abords du paradis terrestre.

Aux environs de Sens, il fallut changer une

bougie. Il avait oublié la baladeuse : encore un oubli. Il tâtonna sous la pluie avec une clef qui foirait. « Nous aurions dû prendre le train. » Il se le répétait obstinément. Il avait préféré sa voiture à cause de l'image qu'elle donnait de liberté : jolie liberté! Il n'avait d'ailleurs fait que des sottises depuis cette fuite : et tous ces oublis!

— Vous y parvenez?

Geneviève l'avait rejoint. Elle se sentait soudain prisonnière : un arbre, deux arbres en sentinelle et cette stupide petite cabane de cantonnier. Mon Dieu! quelle drôle d'idée!... Est-ce qu'elle allait vivre ici toujours?

C'était fini, il lui prit la main :

— Vous avez la fièvre!

Elle sourit...

— Oui... je suis un peu fatiguée, j'aimerais dormir.

— Mais pourquoi êtes-vous descendue sous la pluie!

Le moteur tirait toujours mal, avec des à-coups et des claquements.

— Arriverons-nous, mon petit Jacques? (Elle dormait à demi, enveloppée de fièvre.) Arriverons-nous?

— Mais oui, mon amour, c'est bientôt Sens.

Elle soupira. Ce qu'elle essayait était au-dessus de ses forces. Tout cela à cause de ce moteur qui haletait. Chaque arbre était si lourd à tirer à soi. Chacun. L'un après l'autre. Et c'était à recommencer.

« Ce n'est pas possible, pensait Bernis, il faudra s'arrêter encore. » Il envisageait cette panne avec effroi. Il craignait l'immobilité du paysage. Elle délivre certaines pensées qui sont en germe. Il craignait une certaine force qui se faisait jour.

— Ma petite Geneviève, ne pensez pas à cette nuit... Pensez à bientôt... Pensez à... à l'Espagne. Aimerez-vous l'Espagne?

Une petite voix lointaine lui répondit : « Oui, Jacques, je suis heureuse, mais... j'ai un peu peur des brigands. » Il la vit doucement sourire. Cette phrase fit mal à Bernis, cette phrase qui ne voulait rien dire, sinon : ce voyage en Espagne, ce conte de fées... Sans foi. Une armée sans foi. Une armée sans foi ne peut conquérir. « Geneviève, c'est cette nuit, c'est cette pluie qui abîme notre confiance... » Il connut tout à coup que cette nuit était semblable à une maladie interminable. Ce goût de maladie, il l'avait dans la bouche. C'était une de ces nuits sans espoir d'aube. Il luttait, scandait en lui-même : « L'aube serait une guérison si seulement il ne pleut pas... Si seulement... » Quelque chose était malade en eux, mais il ne le savait pas. Il croyait que c'était la terre qui était pourrie, que c'était la nuit qui était malade. Il souhai-

tait l'aube, pareil aux condamnés qui disent
« Quand il fera jour je vais respirer » ou
« Quand viendra le printemps, je serai
jeune... »

— Geneviève, pensez à notre maison de
là-bas... Il connut aussitôt qu'il n'aurait
jamais dû dire cela. Rien ne pouvait en bâtir
l'image en Geneviève. « Oui, notre maison... »
Elle essayait le son du mot. Sa chaleur glissait, sa saveur était fugitive.

Elle secoua beaucoup de pensées qu'elle ne
se connaissait pas et qui allaient former des
mots, beaucoup de pensées qui lui faisaient
peur.

Ne connaissant pas les hôtels de Sens, il fit
halte sous un réverbère pour consulter le
guide. Un gaz presque tari remuait les ombres,
faisait vivre sur le mur blafard une enseigne
délavée et qui avait coulé « Vélos... » Il lui
parut que c'était le mot le plus triste et le
plus vulgaire qu'il eût jamais lu. Symbole
d'une vie médiocre. Il lui apparut que beaucoup de choses dans sa vie là-bas étaient
médiocres mais qu'il ne s'en était pas
aperçu.

— Du feu, bourgeois... Trois gamins efflan-
qués le regardaient en rigolant. « Ces Améri-
cains, ça cherche sa route... » Puis ils dévisa-
gèrent Geneviève :

— Foutez-moi le camp, gronda Bernis.

— Ta poule, elle est mariole. Mais si tu voyais la nôtre au vingt-neuf!...

Geneviève se pencha vers lui un peu effarée.

— Qu'est-ce qu'ils disent?... Je vous en prie, allons-nous-en.

— Mais, Geneviève...

Il fit un effort et se tut. Il fallait bien lui chercher un hôtel... Ces gamins soûls... quelle importance? Puis il pensa qu'elle avait la fièvre, qu'elle souffrait, qu'il aurait dû lui épargner cette rencontre. Il se reprocha avec une obstination maladive de l'avoir mêlée à des choses laides. Il...

L'hôtel du Globe était fermé. Tous ces petits hôtels avaient, la nuit, des allures de merceries. Il frappa longuement la porte jusqu'à secouer un pas traînard. Le veilleur de nuit entrouvrit :

— Complet.

— Je vous en prie, ma femme est malade! insista Bernis. La porte s'était refermée. Le pas s'enfonçait dans le corridor.

Tout se liguait donc contre eux?...

— Qu'a-t-il répondu, fit Geneviève, pourquoi, pourquoi n'a-t-il même pas répondu?

Bernis faillit faire observer qu'ils n'étaient pas ici place Vendôme et qu'une fois leur ventre plein, les petits hôtels s'endormaient. Rien de plus normal. Il s'assit sans un mot.

Son visage luisait de sueur. Il ne démarrait pas, mais fixait un pavé brillant, la pluie lui glissait dans le cou; il lui semblait avoir à remuer l'inertie d'une terre entière. De nouveau cette idée stupide : quand viendra le jour...

Il fallait vraiment, à cette minute, qu'un mot humain fût prononcé. Geneviève l'essaya :

— Tout cela n'est rien, mon amour. Il faut travailler pour notre bonheur. Bernis la contempla : « Oui, vous êtes très généreuse. » Il était ému. Il eût désiré l'embrasser : mais cette pluie, cet inconfort, cette fatigue... Il lui prit cependant la main, sentit que la fièvre montait. Chaque seconde minait cette chair. Il se calmait par des images. « Je lui ferai faire un grog bien chaud. Ce ne sera rien. Un grog brûlant. Je l'envelopperai de couvertures. Nous rirons, en nous regardant, de ce voyage difficile. » Il éprouva une vague impression de bonheur. Mais combien la vie immédiate s'ajustait mal à ces images. Deux autres hôtels restèrent muets. Ces images. Il fallait chaque fois les renouveler. Et chaque fois elles perdaient un peu de leur évidence, ce faible pouvoir, qu'elles contenaient, de prendre corps.

Geneviève s'était tue. Il sentait qu'elle ne se plaindrait pas et ne dirait plus rien. Il pou-

vait rouler des heures, des jours : elle ne dirait
rien. Jamais plus rien. Il pouvait lui tordre
le bras : elle ne dirait rien... « Je divague, je
rêve! »

— Geneviève, mon petit enfant, avez-vous
mal?

— Mais non, c'est fini, je suis mieux.

Elle venait de désespérer de beaucoup de
choses. D'y renoncer. Pour qui? Pour lui.
Des choses qu'il ne pouvait pas lui donner.
Ce mieux... c'était un ressort qui se cassait.
Plus soumise. Elle ira ainsi de mieux en
mieux : elle aura renoncé au bonheur. Quand
elle ira tout à fait bien... « Bon! Quel imbécile
je fais : je rêve encore. »

Hôtel de l'Espérance et d'Angleterre. Prix
spéciaux pour les voyageurs de commerce.
« Appuyez-vous à mon bras, Geneviève... Mais
oui, une chambre. Madame est malade : vite
un grog! Un grog brûlant. » Prix spéciaux
pour les voyageurs de commerce. Pourquoi
cette phrase est-elle si triste? « Prenez ce
fauteuil, ça ira mieux. » Pourquoi ce grog ne
vient-il pas? Prix spéciaux pour les voyageurs
de commerce.

La vieille bonne s'empressait : « Voilà ma
petite dame. Pauvre madame. Elle est toute
tremblante, toute pâle. Je vais lui faire
une bouillotte. C'est au quatorze, une belle
grande chambre... Monsieur veut-il remplir

les feuilles? » Un porte-plume sale entre les doigts, il remarqua que leurs noms diffé-raient. Il pensait soumettre Geneviève à la complaisance de valets. « A cause de moi. Faute de goût. » Ce fut encore elle qui l'aida : « Amants, dit-elle, n'est-ce pas tendre? »

Ils songeaient à Paris, au scandale. Ils voyaient s'agiter différents visages. Quelque chose de difficile commençait seulement pour eux, mais ils se gardaient des moindres paroles, de peur de se rencontrer dans leurs pensées.

Et Bernis comprit qu'il n'y avait rien eu jusqu'à présent, rien, sinon un moteur un peu mou, quelques gouttes de pluie, dix minutes perdues à chercher un hôtel. Les difficultés épuisantes qu'il leur avait semblé surmonter venaient d'eux-mêmes. C'était contre elle-même que Geneviève peinait et ce qui s'arrachait d'elle tenait si fort qu'elle était déjà déchirée.

Il lui prit les mains, mais connut encore que les mots ne le serviraient pas.

Elle dormait. Il ne pensait pas à l'amour. Mais il rêvait bizarrement. Des réminiscences. La flamme de la lampe. Il faut se hâter de nourrir la lampe. Mais il faut aussi protéger la flamme du grand vent qu'il fait.

Mais surtout ce détachement. Il l'eût désirée avide de biens. Souffrant des choses, touchée par les choses et criant pour en être nourrie comme un enfant. Alors, malgré son indigence, il aurait eu beaucoup à lui donner. Mais il s'agenouilla pauvre devant cette enfant qui n'avait pas faim.

IX

— Non. Rien... Laisse-moi... Ah! déjà?

Bernis est debout. Ses gestes dans le rêve étaient lourds comme les gestes d'un haleur. Comme les gestes d'un apôtre qui vous tire au jour du fond de vous-même. Chacun de ses pas était plein de sens comme le pas d'un danseur. « Oh! mon amour... »

Il va de long en large : c'est ridicule.

Cette fenêtre est salie par l'aube. Cette nuit, elle était bleu sombre. Elle prenait, à la lumière de la lampe, une profondeur de saphir. Cette nuit, elle se creusait jusqu'aux étoiles. On rêve. On imagine. On est à la proue d'un navire.

Elle ramène contre elle ses genoux, se sent une chair molle de pain mal cuit. Le cœur bat trop vite et fait mal. Ainsi dans un wagon. Le bruit des essieux scande la fuite.

Les essieux battent comme le cœur. On colle son front à la vitre et le paysage s'écoule : des masses noires que l'horizon enfin recueille, cerne peu à peu de sa paix, doux comme la mort.

Elle voudrait crier à l'homme : « Retiens-moi! » Les bras de l'amour vous contiennent avec votre présent, votre passé, votre avenir, les bras de l'amour vous rassemblent...

— Non. Laisse-moi.

Elle se lève.

X

« Cette décision, pensait Bernis, cette décision a été prise en dehors de nous. Tout s'était
fait sans échange de mots. » Ce retour était,
semblait-il, convenu d'avance. Malade ainsi,
il ne s'agissait plus de poursuivre. On verrait
plus tard. Une aussi courte absence, Herlin
loin, tout s'arrangerait. Bernis s'étonnait de
ce que tout apparût comme si facile. Il savait
bien que ce n'était pas vrai. C'étaient eux
qui pouvaient agir sans effort.

D'ailleurs il doutait de lui-même. Il savait
bien qu'il avait cédé encore à des images. Mais,
les images, de quelle profondeur viennent-
elles? Ce matin en se réveillant il avait tout
de suite pensé devant ce plafond bas et terne :
« Sa maison était un navire. Elle passait les
générations d'un bord à l'autre. Le voyage
n'a de sens ni ici ni ailleurs, mais quelle

sécurité on tire d'avoir son billet, sa cabine, et ses valises de cuir jaune. D'être embarqué... »

Il ne savait pas encore s'il souffrait parce qu'il suivait une pente et que l'avenir venait à lui sans qu'il eût à s'en saisir. Quand on s'abandonne on ne souffre pas. Quand on s'abandonne même à la tristesse on ne souffre plus. Il souffrirait plus tard en confrontant quelques images. Il sut ainsi qu'ils jouaient aisément cette seconde partie de leur rôle parce qu'il était prévu quelque part en eux-mêmes. Il se disait cela en menant un moteur qui ne tournait pas mieux. Mais on arriverait. On suivait une pente. Toujours cette image de pente.

Vers Fontainebleau, elle avait soif. Chaque détail du paysage : on le reconnaissait. Il s'installait tranquillement. Il rassurait. C'était un cadre nécessaire qui montait au jour.

Dans cette gargote on leur servit du lait. A quoi bon se presser. Elle le buvait par petites gorgées. A quoi bon se presser? Tout ce qui se passait venait à eux nécessairement : toujours cette image de nécessité.

Elle était douce. Elle lui savait gré de beaucoup de choses. Leurs rapports étaient bien plus libres qu'hier. Elle souriait, désignait un oiseau qui picorait devant la porte. Son visage lui parut nouveau, où avait-il vu ce visage?

Aux voyageurs. Aux voyageurs que la vie dans quelques secondes détachera de votre vie. Sur les quais. Ce visage déjà peut sourire, vivre de ferveurs inconnues.

Il leva les yeux de nouveau. De profil, penchée, elle rêvait. Il la perdait si elle tournait à peine la tête.

Sans doute l'aimait-elle toujours, mais il ne faut pas trop demander à une faible petite fille. Il ne pouvait évidemment pas dire « je vous rends votre liberté » ni quelque phrase aussi absurde, mais il parla de ce qu'il comptait faire, de son avenir. Et dans la vie qu'il s'inventait, elle n'était pas prisonnière. Pour le remercier, elle posa sa petite main sur son bras : « Vous êtes tout... tout mon amour. » Et c'était vrai, mais il connut aussi à ces mots-là qu'ils n'étaient pas faits l'un pour l'autre.

Têtue et douce. Si près d'être dure, cruelle, injuste, mais sans le savoir. Si près de défendre à tout prix quelque bien obscur. Tranquille et douce.

Elle n'était pas faite, non plus, pour Herlin. Il le savait. La vie qu'elle parlait de reprendre ne lui avait jamais causé que du mal. Pour quoi était-elle donc faite? Elle semblait ne pas souffrir.

On se remit en route. Bernis se détournait un peu vers la gauche. Il savait bien ne pas

souffrir non plus, mais sans doute quelque
bête en lui était blessée dont les larmes étaient
inexplicables.

A Paris, nul tumulte : on ne dérange pas
grand-chose.

XI

A quoi bon? La ville faisait autour de lui
son remue-ménage inutile. Il savait bien que
de cette confusion il ne pouvait plus rien
sortir. Il remontait, avec lenteur, le peuple
étranger des passants. Il pensait : « C'est
comme si je n'étais pas là. » Il devait repartir
avant peu : c'était bien. Il savait que son travail l'entourerait de liens si matériels qu'il
reprendrait une réalité. Il savait aussi que,
dans la vie quotidienne, le moindre pas prend
l'importance d'un fait et que le désastre moral
y perd un peu de sens. Les plaisanteries de
l'escale garderaient même leur saveur. C'était
étrange et pourtant certain. Mais il ne s'inté-
ressait pas à lui-même.

Comme il passait près de Notre-Dame, il
entra, fut surpris de la densité de la foule et se
réfugia contre un pilier. Pourquoi donc se

trouvait-il là? Il se le demandait. Après tout, il était venu parce que les minutes menaient ici à quelque chose. Dehors elles ne menaient plus à rien. Voilà : « Dehors les minutes ne mènent plus à rien. » Il éprouvait aussi le besoin de se reconnaître et s'offrait à la foi comme à n'importe quelle discipline de la pensée. Il se disait : « Si je trouve une formule qui m'exprime, qui me rassemble, pour moi ce sera vrai. » Puis il ajoutait avec lassitude : « Et pourtant, je n'y croirais pas. »

Et soudain il lui apparut qu'il s'agissait encore d'une croisière et que toute sa vie s'était usée à tenter ainsi de fuir. Et le début du sermon l'inquiéta comme le signal d'un départ.

— Le royaume des Cieux, commença le prédicateur, le royaume des Cieux...

Il s'appuya des mains au rebord large de la chaire... se pencha sur la foule. Foule entassée et qui absorbe tout. Nourrir. Des images lui venaient avec un caractère d'évidence extraordinaire. Il pensait aux poissons pris dans la nasse, et sans lien ajouta :

— Quand le pêcheur de Galilée...

Il n'employait plus que des mots qui entraînaient un cortège de réminiscences, qui duraient. Il lui semblait exercer sur la foule une

90

pesée lente, allonger peu à peu son élan comme la foulée du coureur. « Si vous saviez... Si vous saviez combien d'amour... » Il s'interrompit, haletant un peu : ses sentiments étaient trop pleins pour s'exprimer. Il comprit que les moindres mots, les plus usés, lui paraissaient chargés de trop de sens et qu'il ne distinguait plus les mots qui donnent. La lumière des cierges lui faisait un visage de cire. Il se redressa, les mains appuyées, le front levé, vertical. Quand il se détendit, ce peuple remua un peu, comme la mer.

Puis les mots lui vinrent et il parla. Il parlait avec une sûreté étonnante. Il avait l'allégresse du débardeur qui sent sa force. Des idées lui venaient qui se formaient en dehors de lui, pendant qu'il achevait sa phrase, comme un fardeau qu'on lui passait, et d'avance il sentait monter en lui, confusément, l'image où il la poserait, la formule qui l'emporterait dans ce peuple.

Bernis maintenant écoutait la péroraison.

— Je suis la source de toute vie. Je suis la marée qui entre en vous et vous anime et se retire. Je suis le mal qui entre en vous et vous déchire et se retire. Je suis l'amour qui entre en vous et dure pour l'éternité.

« Et vous venez m'opposer Marcion et le

quatrième évangile. Et vous venez me parler d'interpolations. Et vous venez dresser contre moi votre misérable logique humaine, quand je suis celui qui est au-delà, quand c'est d'elle que je vous délivre !

« O prisonniers, comprenez-moi ! Je vous délivre de votre science, de vos formules, de vos lois, de cet esclavage de l'esprit, de ce déterminisme plus dur que la fatalité. Je suis le défaut dans l'armure. Je suis la lucarne dans la prison. Je suis l'erreur dans le calcul : je suis la vie.

« Vous avez intégré la marche de l'étoile, ô génération des laboratoires, et vous ne la connaissez plus. C'est un signe dans votre livre, mais ce n'est plus de la lumière : vous en savez moins qu'un petit enfant. Vous avez découvert jusqu'aux lois qui gouvernent l'amour humain, mais cet amour même échappe à vos signes : vous en savez moins qu'une jeune fille ! Eh bien, venez à moi. Cette douceur de la lumière, cette lumière de l'amour, je vous les rends. Je ne vous asservis pas : je vous sauve. De l'homme qui le premier calcula la chute d'un fruit et vous enferma dans cet esclavage, je vous libère. Ma demeure est la seule issue, que deviendrez-vous hors de ma demeure ?

« Que deviendrez-vous hors de ma demeure, hors de ce navire où l'écoulement des heures prend son plein sens, comme, sur l'étrave luisante, l'écoulement de la mer. L'écoulement de la mer qui ne fait pas de bruit mais porte les Iles. L'écoulement de la mer.

« Venez à moi, vous à qui l'action, qui ne mène à rien, fut amère.

« Venez à moi, vous à qui la pensée, qui ne mène qu'aux lois fut amère... »

Il ouvrit les bras :

— Car je suis celui qui accueille. Je portais les péchés du monde. J'ai porté son mal. J'ai porté vos détresses de bêtes qui perdent leurs petits et vos maladies incurables, et vous en étiez soulagés. Mais ton mal, mon peuple d'aujourd'hui, est une misère plus haute et plus irréparable, et pourtant je le porterai comme les autres. Je porterai les chaînes plus lourdes de l'esprit.

« Je suis celui qui porte les fardeaux du monde. »

L'homme parut à Bernis désespéré parce qu'il ne criait pas pour obtenir un Signe. Parce qu'il ne proclamait pas un Signe. Parce qu'il se répondait à lui-même.

— Vous serez des enfants qui jouent.

« Vos efforts vains de chaque jour, qui vous épuisent, venez à moi, je leur donnerai un sens, ils bâtiront dans votre cœur, j'en ferai une chose humaine. »

La parole entre dans la foule. Bernis n'entend plus la parole, mais quelque chose qui est en elle et qui revient comme un motif.

— ... J'en ferai une chose humaine.

Il s'inquiète.

— De vos amours, sèches, cruelles et désespérées, amants d'aujourd'hui, venez à moi, je ferai une chose humaine.

« De votre hâte vers la chair, de votre retour triste, venez à moi, je ferai une chose humaine... »

Bernis sent grandir sa détresse.

— ... Car je suis celui qui s'est émerveillé de l'homme...

Bernis est en déroute.

— Je suis le seul qui puisse rendre l'homme à lui-même.

Le prêtre se tut. Épuisé et il se retourna vers l'autel. Il adora ce Dieu qu'il venait d'établir. Il se sentit humble comme s'il avait tout donné, comme si l'épuisement de sa chair était un don. Il s'identifiait sans le savoir avec le Christ. Il reprit, tourné vers l'autel, avec une lenteur effrayante :

— Mon père, j'ai cru en eux, c'est pourquoi j'ai donné ma vie...

Et se penchant une dernière fois sur la foule :

— Car je les aime... Puis il trembla.

Le silence parut à Bernis prodigieux.

— Au nom du Père...

Bernis pensait : « Quel désespoir! Où est l'acte de foi? Je n'ai pas entendu l'acte de foi, mais un cri parfaitement désespéré. »

Il sortit. Les lampes à arc s'allumeraient bientôt. Bernis marchait le long des berges de la Seine. Les arbres demeuraient immobiles, leurs branches en désordre prises dans la glu du crépuscule. Bernis marchait. Un calme s'était fait en lui, donné par la trêve du jour, et que l'on croit donné par la solution d'un problème.

Pourtant ce crépuscule... Toile de fond trop théâtrale qui a servi déjà pour les ruines d'empire, les soirs de défaite et le dénouement de faibles amours, qui servira demain pour d'autres comédies. Toile de fond qui inquiète si le soir est calme, si la vie se traîne, parce que l'on ne sait pas quel drame se joue. Ah! quelque chose pour le sauver d'une inquiétude si humaine...

Les lampes à arc, toutes à la fois, luirent.

XII

Des taxis. Des autobus. Une agitation sans
nom où il est bon, n'est-ce pas, Bernis, de se
perdre? Un lourdaud planté dans l'asphalte.
— Allons, dérange-toi! — Des femmes que
l'on croise une fois dans sa vie : l'unique
chance. Là-bas Montmartre d'une lumière
plus crue. Déjà des filles qui s'accrochent.
— Bon Dieu! Ouste!... — Là-bas d'autres
femmes. Des Hispanos, comme des écrins, qui
donnent à des femmes, même sans beauté,
une chair précieuse. Cinq cents billets de
perles sur le ventre, et quelles bagues! La
chair d'une pâte de luxe. Encore une fille
anxieuse : « Lâche-moi. Toi! je te reconnais,
rabatteur, fous le camp. Laissez-moi donc
passer, je veux vivre! »

Cette femme soupait devant lui, en robe du soir échancrée en triangle sur un dos nu. Il ne voit que cette nuque, ces épaules, ce dos aveugle où courent de rapides tressaillements de chair. Cette matière toujours recomposée, insaisissable. Comme la femme fumait une cigarette et, le menton au poing, courbait la tête, il ne vit plus qu'une étendue déserte.

« Un mur », pensait-il.

Les danseuses commencèrent leur jeu. Le pas des danseuses était élastique et l'âme du ballet leur prêtait une âme. Bernis aimait ce rythme qui les suspendait en équilibre. Un équilibre si menacé mais qu'elles retrouvaient toujours avec une sûreté étonnante. Elles inquiétaient les sens de toujours dénouer l'image qui était sur le point de s'établir, et au seuil du repos, de la mort, de la résoudre encore en mouvements. C'était l'expression même du désir.

Devant lui ce dos mystérieux, lisse comme la surface d'un lac. Mais un geste ébauché, une pensée ou un frisson y propagèrent une grande ondulation d'ombre. Bernis pensait : « J'ai besoin de tout ce qui se meut, là-dessous, d'obscur. »

Les danseuses saluaient, ayant tracé, puis effacé quelques énigmes dans le sable. Bernis fit un signe à la plus légère.

« Tu danses bien. » Il devinait le poids de sa chair, comme la pulpe d'un fruit, et c'était pour lui une révélation de la découvrir pesante. Une richesse. Elle s'assit. Elle avait un regard appuyé et quelque chose du bœuf dans la nuque rasée. Et c'était la jointure la moins flexible de ce corps. Elle n'avait point de finesse dans le visage, mais tout le corps en descendait et répandait une grande paix.

Puis Bernis remarqua ses cheveux collés par la sueur. Une ride creusée dans le fard. Une parure défraîchie. Retirée de la danse, comme d'un élément, elle semblait défaite et malhabile.

« A quoi penses-tu? » Elle eut un geste gauche.

Toute cette agitation nocturne prenait un sens. L'agitation des grooms, des chauffeurs de taxis, du maître d'hôtel. Ils faisaient leur métier qui est, en fin de compte, de pousser devant lui ce champagne et cette fille lasse. Bernis regardait la vie par les coulisses où tout est métier. Où il n'y a ni vice, ni vertu, ni émotion trouble, mais un labeur aussi routinier, aussi neutre que celui des hommes d'équipe. Cette danse même, qui rassemblait les gestes pour en composer un langage, ne pouvait parler qu'à l'étranger. L'étranger seul découvrait ici une construction mais qu'eux et elles avaient oubliée depuis longtemps.

Ainsi le musicien, qui joue pour la millième fois le même air, en perd le sens. Ici, elles faisaient des pas, des mines, dans la lumière des projecteurs, mais Dieu sait avec quelles remarques. Et celle-ci uniquement occupée de sa jambe qui lui faisait mal et celle-là d'un rendez-vous — oh! si misérable! — après la danse, et celle qui pensait : « Je dois cent francs... » Et l'autre peut-être toujours : « J'ai mal. »

Déjà s'était dénouée en lui toute sa faveur. Il se disait : « Tu ne peux rien me donner de ce que je désire. » Et pourtant son isolement était si cruel qu'il eut besoin d'elle.

XIII

Elle craint cet homme silencieux. Quand elle s'éveille, la nuit, près du dormeur, elle a l'impression d'être oubliée sur une grève déserte.

— Prends-moi dans tes bras!

Elle éprouve pourtant des élans de tendresse... mais cette vie inconnue fermée dans ce corps, ces rêves inconnus sous l'os dur du front! Couchée en travers de cette poitrine, elle sent la respiration de l'homme monter et descendre comme une vague et c'est l'angoisse d'une traversée. Si, l'oreille collée à la chair, elle écoute le bruit dur du cœur, ce moteur en marche ou cette cognée du démolisseur, elle éprouve le sentiment d'une fuite rapide, insaisissable. Et ce silence, quand elle prononce un mot qui le tire du rêve. Elle compte les secondes entre le mot et la réponse, comme pour l'orage — une... deux... trois... Il est au-delà des campagnes. S'il ferme les yeux, elle prend et soulève cette tête lourde, comme celle d'un mort, des deux mains, ainsi qu'un pavé. « Mon amant, quelle désolation... »

Mystérieux compagnon de voyage.

Allongés l'un et l'autre et muets. On sent la vie qui vous traverse comme une rivière. Une fuite vertigineuse. Le corps : cette pirogue lancée...

— Quelle heure est-il?

On fait le point : drôle de voyage. « O mon amant! » Elle se cramponne à lui, la tête renversée, les cheveux mêlés, tirée des eaux. La femme sort ou du sommeil ou de l'amour, cette mèche de cheveux collée au front, ce visage défait, retirée des mers.

— Quelle heure est-il?

Eh! Pourquoi? Ces heures passent comme de petites gares de province — minuit, une heure, deux heures — rejetées en arrière, perdues. Quelque chose file entre les doigts que l'on ne sait pas retenir. Vieillir, cela n'est rien.

— Je t'imagine très bien, les cheveux blancs, et moi sagement ton amie...

Vieillir, cela n'est rien.

Mais cette seconde gâtée, ce calme différé, un peu plus loin encore, c'est ceci qui est fatigant.

— Parle-moi de ton pays?

— Là-bas...

Bernis sait que c'est impossible. Villes, mers, patries : toutes les mêmes. Parfois un aspect fugitif que l'on devine sans comprendre, qui ne se traduit pas.

De la main, il touche le flanc de cette femme, là où la chair est sans défense. Femme : la plus nue des chairs vivantes et celle qui luit du plus doux éclat. Il pense à cette vie mystérieuse qui l'anime, qui la réchauffe comme un soleil, comme un climat intérieur. Bernis ne se dit pas qu'elle est tendre ni qu'elle est belle, mais qu'elle est tiède. Tiède comme une bête. Vivante. Et ce cœur toujours qui bat, source différente de la sienne et fermée dans ce corps.

Il songe à cette volupté qui a, en lui, quelques secondes battu des ailes : cet oiseau fou qui bat des ailes et meurt. Et maintenant...

Maintenant, dans la fenêtre, tremble le ciel. O femme après l'amour démantelée et découronnée du désir de l'homme. Rejetée parmi les étoiles froides. Les paysages du cœur changent si vite... Traversé le désir, traversée la tendresse, traversé le fleuve de feu. Maintenant pur, froid, dégagé du corps, on est à la proue d'un navire, le cap en mer.

XIV

Ce salon en ordre ressemble à un quai. Bernis, à Paris, franchit avant l'heure du rapide des heures désertes. Le front contre la vitre, il regarde s'écouler la foule. Il est distancé par ce fleuve. Chaque homme forme un projet, se hâte. Des intrigues se nouent qui se dénoueront en dehors de lui. Cette femme passe, fait dix pas à peine et sort du temps. Cette foule était la matière vivante qui vous nourrit de larmes et de rires et maintenant la voici pareille à celle des peuples morts.

TROISIÈME PARTIE

I

L'Europe, l'Afrique se préparèrent à peu
d'intervalle pour la nuit, liquidant çà et là les
dernières tempêtes du jour. Celle de Grenade
s'apaisait, celle de Malaga se résolvait en
pluie. En quelques coins les bourrasques se
cramponnaient encore aux branches comme
à des chevelures.

Toulouse, Barcelone, Alicante ayant dépê-
ché le courrier rangeaient leurs accessoires,
rentraient les avions, fermaient les hangars.
Malaga qui l'attendait de jour n'avait pas à
prévoir de feux. D'ailleurs il n'atterrirait pas.
Il continuerait, sans doute très bas, sur Tanger. Il faudrait, aujourd'hui encore, passer le
détroit à vingt mètres, sans voir la côte
d'Afrique, à la boussole. Un vent d'ouest,
puissant, creusait la mer. Les vagues écrasées
devenaient blanches. Chaque navire à l'ancre,

la proue au vent, travaillait de tous ses rivets, comme au large. Le rocher anglais creusait à l'est une dépression où la pluie tombait à pleins seaux. Les nuages à l'ouest étaient remontés d'un étage. De l'autre côté de la mer, Tanger fumait sous une pluie si drue qu'elle rinçait la ville. A l'horizon, des provisions de cumulus. Pourtant, vers Larache, le ciel était pur.

Casablanca respirait à ciel ouvert. Des voiliers piqués marquaient le port, comme après la bataille. Il n'y avait plus sur la mer, où la tempête avait labouré, que de longues rides régulières qui se déployaient en éventail. Les champs semblaient d'un vert plus vif, profonds comme de l'eau au soleil couchant. Par-ci, par-là, aux places encore trempées luisait la ville. Dans la baraque du groupe électrogène, les électriciens, oisifs, attendaient. Ceux d'Agadir dînaient en ville, ayant quatre heures devant eux. Ceux de Port-Étienne, Saint-Louis, Dakar, pouvaient dormir.

A huit heures du soir, la T.S.F. de Malaga communiqua:

Courrier passé sans atterrir.

Et Casablanca essaya ses feux. La rampe de balisage découpa en rouge un morceau de nuit, un rectangle noir. Çà et là, une lampe manquait, comme une dent. Puis un second interrupteur brancha les phares. Ils versèrent

106

la lumière au milieu du champ comme une flaque de lait. Il manquait l'acteur du music-hall.

On déplaça un réflecteur. Le faisceau invisible accrocha un arbre mouillé. Il miroita à peine, comme du cristal. Puis une baraque blanche qui prit une importance énorme, dont les ombres tournèrent, puis qui fut détruite. Enfin le halo redescendit, trouva sa place, refit pour l'avion cette litière blanche.

— Bon, fit le chef, coupez.

Il remonta vers le bureau, compulsa les derniers papiers et considéra le téléphone, l'âme vacante. Rabat appellerait bientôt. Tout était prêt. Les mécaniciens s'asseyaient sur des bidons et sur des caisses.

Agadir n'y comprenait rien. Le courrier, selon ses calculs, avait déjà quitté Casablanca. On le guettait à tout hasard. L'étoile du berger fut prise dix fois pour le feu de bord de l'appareil, l'étoile polaire aussi, qui justement venait du nord. On attendait, pour déclencher les projecteurs, de compter une étoile de trop, de la voir errer sans trouver de place parmi les constellations.

Le chef d'aéroplace était perplexe. Donnerait-il à son tour le départ? Il craignait de la brume au sud peut-être bien jusqu'à l'oued Noun, peut-être même jusqu'à Juby et Juby demeurait muet malgré les appels de la

T.S.F. On ne pouvait lancer le « France-Amérique » la nuit, dans du coton! Et ce poste du Sahara gardait son mystère pour lui.

A Juby pourtant, isolés du monde, nous lancions des signaux de détresse comme un navire :

Communiquez nouvelles courrier, communiquez...

Nous ne répondions plus à Cisneros qui nous agaçait des mêmes questions. Ainsi à mille kilomètres les uns des autres nous jetions dans la nuit des plaintes vaines.

A vingt heures cinquante tout se détendit. Casablanca et Agadir purent se toucher par téléphone. Quant à nos radios enfin ils s'accrochèrent. Casablanca parlait et chacun de ses mots se répétait jusqu'à Dakar :

Courrier partira à vingt-deux heures pour Agadir.

D'Agadir pour Juby : Courrier sera Agadir minuit trente stop. Pourrons-nous faire continuer sur vous?

De Juby pour Agadir : Brume. Attendre jour.

De Juby pour Cisneros, Port-Étienne, Dakar : Courrier couchera Agadir.

Le pilote signait les feuilles de route à

Casablanca et clignait de l'œil sous la lampe. Tout à l'heure, chaque coup d'œil ne faisait qu'un faible butin. Parfois Bernis devait s'estimer heureux d'avoir pour le guider la ruine blanche des vagues, à la lisière de la terre et de l'eau. Maintenant, dans ce bureau, sa vue était nourrie de casiers, de papier blanc, de meubles épais. C'était un monde compact et généreux de sa matière. Dans l'embrasure de la porte un monde vidé par la nuit.

Il était rouge à cause du vent qui lui avait, dix heures, massé les joues. Des gouttes d'eau coulaient de ses cheveux. Il sortait de la nuit comme un égoutier de sa caverne avec ses bottes lourdes, son cuir et ses cheveux collés au front, s'obstinait à cligner de l'œil. Il s'interrompit :

— Et... vous avez l'intention de me faire continuer?

Le chef d'aéroplace brassait les feuilles d'un air bourru.

— Vous ferez ce qu'on vous dira.

Il savait déjà qu'il n'exigerait pas ce départ et le pilote savait de son côté qu'il demanderait à partir. Mais chacun voulait se prouver qu'il était seul juge.

— Enfermez-moi les yeux bandés dans un placard avec une manette des gaz et demandez-moi d'emmener le meuble à Agadir : voilà ce que vous me faites faire.

Il avait bien trop de vie intérieure pour penser une seconde à un accident personnel : ces idées-là viennent aux cœurs vacants, mais cette image de placard le ravissait. Il y a des choses impossibles... mais qu'il réussirait quand même.

Le chef d'aéroplace entrouvrit la porte pour jeter dans la nuit sa cigarette.

— Tenez! on en voit...

— Quoi?

— Des étoiles.

Le pilote en fut irrité :

— Je me moque de vos étoiles : on en voit trois. Ce n'est pas dans Mars que vous m'envoyez, c'est à Agadir.

— La lune se lève dans une heure.

— La lune... la lune...

Cette lune le vexait plus encore : avait-il attendu la lune pour voler de nuit? Était-il encore un élève?

— Bon. C'est entendu. Eh bien! restez.

Le pilote se calma, déplia des sandwiches qui dataient de la veille au soir et mastiqua paisiblement. Il partirait dans vingt minutes. Le chef d'aéroplace souriait. Il tapotait le téléphone, sachant qu'avant longtemps il signalerait ce décollage.

Maintenant que tout était prêt, il y eut un trou. Ainsi parfois le temps s'arrête. Le pilote s'immobilisa penché en avant sur sa chaise, les mains noires de graisse entre les genoux. Ses yeux fixaient un point entre le mur et lui. Le chef d'aéroplace assis de biais, la bouche entrouverte, paraissait attendre un signal secret. La dactylo bâilla, s'accouda le menton au poing et sentit naître le sommeil en elle comme un volume. Un sablier sans doute coulait. Puis un cri lointain fut le coup de pouce qui remit en marche le mécanisme. Le chef d'aéroplace leva un doigt. Le pilote sourit, se redressa, emplit d'un air neuf sa poitrine.

— Ah! Adieu.

Ainsi parfois, un film rompt. L'immobilité saisit, chaque seconde plus grave comme une syncope, puis la vie repart.

Et d'abord il eut l'impression non de décoller mais de s'enfermer dans une grotte humide et froide, battue du grondement de son moteur comme de la mer. Puis d'être épaulé par peu de chose. De jour, la croupe ronde d'une colline, la ligne d'un golfe, le ciel bleu bâtissent un monde qui vous contient, mais il se trouvait en dehors de tout, dans un monde en formation, où les éléments sont encore mêlés. La plaine se tirait, emportant les dernières villes, Mazagan, Safi, Mogador, qui l'éclairaient par en dessous comme des verrières. Puis les dernières fermes luirent, les derniers feux de bord de la terre. Soudain il fut aveugle.

« Bon ! voilà que je rentre dans la mous-
caille. »

Attentif à l'indicateur de pente, à l'altimètre, il se laissa descendre pour se dégager
du nuage. La faible rougeur d'une ampoule
l'éblouissait : il l'éteignit.

« Bon, j'en suis sorti, mais je n'y vois rien. »

Les premiers sommets du petit Atlas pas-
saient invisibles, silencieux, entre deux eaux,
comme des icebergs à la dérive : il les devinait
contre son épaule.

« Bon, ça va mal. »

Il se retourna. Un mécanicien, seul passa-
ger, une lampe de poche sur les genoux, lisait
un livre. La tête penchée émergeait seule de
la carlingue avec des ombres renversées. Elle
lui parut étrange, éclairée par en dedans à
la manière d'une lanterne. Il cria « Hep ! »
mais sa voix se perdit. Il frappa du poing sur
les tôles : l'homme, émergeant de sa lumière,
lisait toujours. Quand il tourna la page, son
visage parut dévasté. « Hep ! » lança encore
Bernis : à deux longueurs de bras cet homme
était inaccessible. Renonçant à communiquer
il se retourna vers l'avant.

« Je dois approcher du cap Guir, mais je
veux bien que l'on me pende... ça va très
mal. »

Il réfléchit :

« Je dois être un peu trop en mer. »

Il corrigea sa route à la boussole. Il se sentait bizarrement rejeté au large, vers la droite, comme une jument ombrageuse, comme si réellement les montagnes, à sa gauche, pesaient contre lui.

« Il doit pleuvoir. »

Il étendit sa main qui fut criblée.

« Je rejoindrai la côte dans vingt minutes, ce sera la plaine, je risquerai moins... »

Mais tout à coup, quelle éclaircie! Le ciel balayé de ses nuages, toutes les étoiles lavées, neuves. La lune... la lune, ô la meilleure des lampes! Le terrain d'Agadir s'éclaira en trois fois comme une affiche lumineuse.

« Je me fous bien de sa lumière! J'ai la lune...! »

II

Le jour à Cap Juby soulevait le rideau et
la scène m'apparaissait vide. Un décor sans
ombre, sans second plan. Cette dune toujours
à sa place, ce fort espagnol, ce désert. Il manquait ce faible mouvement qui fait, même
par temps calme, la richesse des prairies et
de la mer. Les nomades aux lentes caravanes
voyaient changer le grain du sable et dans
un décor vierge, le soir, dressaient leur tente.
J'aurais pu ressentir cette immensité du
désert au plus faible déplacement, mais ce
paysage immuable bornait la pensée comme
un chromo.

A ce puits répondait un puits trois cents
kilomètres plus loin. Le même puits, le même
sable en apparence et les plis du sol disposés
de même. Mais, là-bas, c'était le tissu des
choses qui était neuf. Renouvelé, comme de

seconde en seconde la même écume de la mer. C'est au second puits que j'aurais senti ma solitude, c'est au puits suivant que la dissidence eût été vraiment mystérieuse.

Le jour s'écoulait nu et non meublé d'événements. C'était le mouvement solaire des astronomes. C'était, pour quelques heures, le ventre de la terre au soleil. Ici les mots perdaient peu à peu la caution que leur assurait notre humanité. Ils n'enfermaient plus que du sable. Les mots les plus lourds comme « tendresse », « amour » ne posaient dans nos cœurs aucun lest.

« Parti à cinq heures d'Agadir, tu devrais avoir atterri. »

— Parti à cinq heures d'Agadir, il devrait avoir atterri.

— Oui, mon vieux, oui... mais c'est du vent Sud-Est.

Le ciel est jaune. Le vent dans quelques heures bousculera un désert modelé, pendant des mois, par le vent nord. Jours de désordre : les dunes, prises de biais, filent leur sable en longues mèches, et chacune se débobine pour se refaire un peu plus loin.

On écoute. Non. C'est la mer.

Un courrier en route, ce n'est rien. Entre Agadir et Cap Juby, sur cette dissidence inex-

115

plorée c'est un camarade qui n'est nulle part. Tout à l'heure, dans notre ciel, un signe immobile semblera naître.

« Parti à cinq heures d'Agadir... »

On pense vaguement au drame. Un courrier en panne, ce n'est rien qu'une attente qui se prolonge, une discussion qui s'énerve un peu, qui dégénère. Puis le temps qui devient trop large et que l'on remplit mal par de petits gestes, des mots sans suite...

Et soudain, c'est un coup de poing sur la table. Un « Bon Dieu! Dix heures... » qui dresse des hommes, c'est un camarade chez les Maures.

L'opérateur de T.S.F. communique avec Las Palmas. Le diesel souffle bruyamment. L'alternateur ronfle comme une turbine. Lui, fixe des yeux l'ampèremètre où chaque décharge s'accuse.

J'attends debout. L'homme de biais me tend sa main gauche et de la main droite manipule toujours. Puis il me crie :

— Quoi?

Je n'ai rien dit. Vingt secondes se passent. Il crie encore, je n'entends pas, je fais « Ah! oui? » Autour de moi, tout luit, des volets entrouverts filtre un rai de soleil. Les bielles du diesel font des éclairs humides, barattent ce jet de lumière.

L'opérateur se tourne enfin d'un bloc vers

moi, quitte son casque. Le moteur éternue et
stoppe. J'entends les derniers mots : surpris
par le silence, il me les crie comme si j'étais
à cent mètres :

— ... S'en foutent complètement!
— Qui?
— Eux.
— Ah! oui? Pouvez-vous avoir Agadir?
— Ce n'est pas l'heure de la reprise.
— Essayez quand même.

Je griffonne sur un bloc-notes :

Courrier non arrivé. Est-ce faux départ? stop.
Confirmez heure décollage.

— Passez-leur ça.
— Bien. Je vais appeler.

Et le tumulte recommence.

— Alors?
— ...tendez.

Je suis distrait, je rêve : il a voulu dire :
attendez. Qui pilote le courrier? Est-ce bien
toi, Jacques Bernis, qui es ainsi hors de l'espace, hors du temps?

L'opérateur fait taire le groupe, branche un
connecteur, revêt son casque. Il tapote la
table de son crayon, regarde l'heure et aussitôt bâille.

— En panne, pourquoi?
— Comment voulez-vous que je le sache!

— C'est vrai. Ah!... rien. Agadir n'a pas entendu.

— Vous recommencez?

— Je recommence.

Le moteur s'ébranle.

Agadir est toujours muet. Nous guettons maintenant sa voix. S'il cause avec un autre poste, nous nous mêlerons au discours.

Je m'assieds. Par désœuvrement, je m'empare d'un écouteur et tombe dans une volière pleine d'un tumulte d'oiseaux.

Longues, brèves, trilles trop rapides, je déchiffre mal ce langage, mais combien de voix révélées dans un ciel que je croyais désert.

Trois postes parlaient. L'un se tait, un autre entre en danse.

— Ça? Bordeaux sur l'automatique.

Roulade aiguë, pressée, lointaine. Une voix plus grave, plus lente :

— Et ça?

— Dakar.

Un timbre désolé. La voix se tait, reprend, se tait encore et recommence.

— ... Barcelone qui appelle Londres et Londres qui ne répond pas.

Sainte-Assise, quelque part, très loin, conte en sourdine quelque chose.

Quel rendez-vous au Sahara! Toute l'Europe rassemblée, capitales aux voix d'oiseaux qui échangent des confidences.

Un roulement proche vient de retentir. L'interrupteur plonge les voix dans le silence.

— C'était Agadir?

— Agadir.

L'opérateur, les yeux toujours fixés, j'ignore pourquoi, sur la pendule, lance des appels.

— Il a entendu?

— Non. Mais il parle à Casablanca, on va savoir.

Nous captons en fraude des secrets d'ange. Le crayon hésite, s'abat, cloue une lettre, puis deux, puis dix avec rapidité. Des mots se forment, semblent éclore.

Note pour Casablanca...

Salaud! Tenerife nous brouille Agadir! Sa voix énorme remplit les écouteurs. Elle s'interrompt net.

...terri six heures trente. Reparti à...

Tenerife l'intrus nous bouscule encore.

Mais j'en sais assez long. A six heures trente le courrier est retourné sur Agadir. — Brume? Ennui de moteur? — Et n'a dû repartir qu'à sept heures... Pas en retard.

— Merci!

III

Jacques Bernis, cette fois-ci, avant ton arrivée, je dévoilerai qui tu es. Toi que, depuis hier, les radios situent exactement, qui vas passer ici les vingt minutes réglementaires, pour qui je vais ouvrir une boîte de conserve, déboucher une bouteille de vin, qui ne nous parleras ni de l'amour ni de la mort, d'aucun des vrais problèmes, mais de la direction du vent, de l'état du ciel, de ton moteur. Toi qui vas rire du bon mot d'un mécanicien, gémir sur la chaleur, ressembler à n'importe lequel d'entre nous...

Je dirai quel voyage tu accomplis. Comment tu soulèves les apparences, pourquoi les pas que tu fais à côté des nôtres ne sont pas les mêmes.

Nous sommes sortis de la même enfance, et voici que se dresse dans mon souvenir, brusquement, ce vieux mur croulant et chargé de lierre. Nous étions des enfants hardis : « Pourquoi as-tu peur? Pousse la porte... »

Un vieux mur croulant et chargé de lierre. Séché, pénétré, pétri de soleil, pétri d'évidence. Des lézards bruissaient entre les feuilles que nous appelions des serpents, aimant déjà jusqu'à l'image de cette fuite qui est la mort. Chaque pierre de ce côté-ci était chaude, couvée comme un œuf, ronde comme un œuf. Chaque parcelle de terre, chaque brindille était dégagée par ce soleil de tout mystère. De ce côté du mur, régnait, dans sa richesse, dans sa plénitude, l'été à la campagne. Nous apercevions un clocher. Nous entendions une batteuse. Le bleu du ciel comblait tous les vides. Les paysans fauchaient les blés, le curé sulfatait sa vigne, des parents, au salon, jouaient au bridge. Nous nommions ceux qui usaient soixante années de ce coin de terre, qui, de la naissance à la mort, prenaient ce soleil en consigne, ces blés, cette demeure, nous nommions ces générations présentes « l'équipe de garde ». Car nous aimions nous découvrir sur l'îlot le plus menacé, entre deux océans redoutables, entre le passé et l'avenir.

« Tourne la clef... »

Il était interdit aux enfants de pousser cette petite porte verte, d'un vert usé de vieille barque, de toucher cette serrure énorme, sor-

tie rouillée du temps, comme une vieille
ancre de la mer.

Sans doute craignait-on pour nous cette
citerne à ciel ouvert, l'horreur d'un enfant
noyé dans la mare. Derrière la porte dormait
une eau que nous disions immobile depuis
mille ans, à laquelle nous pensions chaque fois
que nous entendions parler d'eau morte. De
minuscules feuilles rondes la revêtaient d'un
tissu vert : nous lancions des pierres qui faisaient des trous.

Quelle fraîcheur sous des branchages si
vieux, si lourds, qui portaient le poids du
soleil. Jamais un rayon n'avait jauni la
pelouse tendre du remblai ni touché l'étoffe
précieuse. Le caillou que nous avions lancé
commençait son cours, comme un astre, car,
pour nous, cette eau n'avait pas de fond.

« Asseyons-nous... » Aucun bruit ne nous
parvenait. Nous goûtions la fraîcheur, l'odeur,
l'humidité qui renouvelaient notre chair. Nous
étions perdus aux confins du monde car nous
savions déjà que voyager c'est avant tout
changer de chair.

« Ici c'est l'envers des choses... »

L'envers de cet été si sûr de lui, de cette
campagne, de ces visages qui nous retenaient
prisonniers. Et nous haïssions ce monde
imposé. A l'heure du dîner, nous remontions
vers la maison, lourds de secrets, comme ces

plongeurs des Indes qui touchèrent des perles. A la minute où le soleil chavire où la nappe est rose, nous entendions prononcer les mots qui nous faisaient mal :

« Les jours allongent... »

Nous nous sentions repris par cette vieille ritournelle, par cette vie faite de saisons, de vacances, de mariages et de morts. Tout ce tumulte vain de la surface.

Fuir, voilà l'important. A dix ans, nous trouvions refuge dans la charpente du grenier. Des oiseaux morts, de vieilles malles éventrées, des vêtements extraordinaires : un peu les coulisses de la vie. Et ce trésor que nous disions caché, ce trésor des vieilles demeures, exactement décrit dans les contes de fées : saphirs, opales, diamants. Ce trésor qui luisait faiblement. Qui était la raison d'être de chaque mur, de chaque poutre. Ces poutres énormes qui défendaient contre Dieu sait quoi la maison. Si. Contre le temps. Car c'était chez nous le grand ennemi. On s'en protégeait par les traditions. Le culte du passé. Les poutres énormes. Mais nous seuls savions cette maison lancée sur un navire. Nous seuls qui visitions les soutes, la cale, savions par où se glissaient les oiseaux pour mourir. Nous connaissions chaque lézarde de la charpente. En bas, dans les salons, les invités causaient, de jolies femmes dansaient. Quelle sécurité trompeuse! On servait sans doute les liqueurs. Valets noirs, gants blancs. O passagers! Et nous, là-haut, regardions filtrer la nuit bleue par les failles de la toiture. Ce trou minuscule : juste une seule étoile tombait sur nous. Décantée pour nous d'un ciel entier. Et c'était l'étoile qui rend malade. Là nous nous détournions : c'était celle qui fait mourir.

Nous sursautions. Travail obscur des choses. Poutres éclatées par le trésor. A chaque craquement nous sondions le bois. Tout n'était qu'une cosse prête à livrer son grain. Vieille écorce des choses sous laquelle se trouvait, nous n'en doutions pas, autre chose. Ne serait-ce que cette étoile, ce petit diamant dur. Un jour nous marcherons vers le nord ou le sud, ou bien en nous-mêmes, à sa recherche. Fuir.

L'étoile qui fait dormir tournait l'ardoise qui la masquait, nette comme un signe. Et nous descendions vers notre chambre, emportant pour le grand voyage du demi-sommeil cette connaissance d'un monde où la pierre mystérieuse coule sans fin parmi les eaux comme dans l'espace ces tentacules de lumière qui plongent mille ans pour nous parvenir; où la maison qui craque au vent est menacée comme un navire, où les choses, une à une, éclatent, sous l'obscure poussée du trésor.

— Assieds-toi là. Je t'ai cru en panne. Bois. Je t'ai cru en panne et j'allais partir à ta recherche. L'avion est déjà en piste : regarde. Les Aït-Toussa ont attaqué les Izarguïn. Je te croyais tombé dans ce grabuge, j'ai eu peur. Bois. Que veux-tu manger?

— Laisse-moi partir.

— Tu as cinq minutes. Regarde-moi. Que s'est-il passé avec Geneviève? Pourquoi souris-tu?

— Ah! rien. Tout à l'heure, dans la carlingue, je me suis souvenu d'une vieille chanson. Je me suis senti tout à coup si jeune...

— Et Geneviève?

— Je ne sais plus. Laisse-moi partir.

— Jacques... réponds-moi... L'as-tu revue?

— Oui... — Il hésitait. — En redescendant sur Toulouse, j'ai fait ce détour pour la voir encore...

Et Jacques Bernis me raconta son aventure.

IV

Ce n'était pas une petite gare de province, mais une porte dérobée. Elle donnait en apparence sur la campagne. Sous l'œil d'un contrôleur paisible on gagnait une route blanche sans mystère, un ruisseau, des églantines. Le chef de gare soignait des roses, l'homme d'équipe feignait de pousser un chariot vide. Sous ces déguisements veillaient trois gardiens d'un monde secret.

Le contrôleur tapotait le billet :

— Vous allez de Paris à Toulouse, pourquoi descendez-vous ici?

— Je continuerai par le train suivant.

Le contrôleur le dévisageait. Il hésitait à lui livrer non une route, un ruisseau, des églantines, mais ce royaume que depuis Merlin on sait pénétrer sous les apparences. Il dut lire enfin en Bernis les trois vertus requises depuis

Orphée pour ces voyages : le courage, la jeunesse, l'amour...

— Passez, dit-il.

Les rapides brûlaient cette gare qui n'était là qu'en trompe-l'œil comme ces petits bars occultes ornés de faux garçons, de faux musiciens, d'un faux barman. Déjà dans l'omnibus Bernis avait senti sa vie se ralentir, changer de sens. Maintenant sur cette carriole, près de ce paysan, il s'éloignait de nous plus encore. Il s'enfonçait dans le mystère. L'homme, dès trente ans, portait toutes ses rides pour ne plus vieillir. Il désignait un champ :

— Ça pousse vite!

Quelle hâte invisible pour nous, cette course des blés vers le soleil!

Bernis nous découvrit plus lointains encore, plus agités, plus misérables, quand le paysan désignant un mur :

— C'est le grand-père de mon grand-père qui l'a bâti.

Il touchait déjà un mur éternel, un arbre éternel : il devina qu'il arrivait.

— Voilà le domaine. Faut-il vous attendre?

Royaume de légende endormi sous les eaux, c'est là que Bernis passera cent ans en ne vieillissant que d'une heure.

Ce soir même, la carriole, l'omnibus, le rapide lui permettront cette fuite en chicane qui nous ramène vers le monde depuis Orphée, depuis la Belle au bois dormant. Il paraîtra un voyageur semblable aux autres, en route vers Toulouse, appuyant sa joue blanche aux vitres. Mais il portera dans le fond du cœur un souvenir qui ne peut pas se raconter, « couleur de lune », « couleur du temps ».

Visite étrange : nul éclat de voix, nulle surprise. La route rendait un son mat. Il sauta la haie comme jadis : l'herbe montait dans les allées... ah! c'est la seule différence. La maison lui apparut blanche entre les arbres mais comme en rêve, à une distance infranchissable. Au moment d'atteindre le but, est-ce un mirage? Il gravit le perron de larges pierres. Il était né de la nécessité avec une aisance sûre de lignes.

« Rien ici n'est truqué... » Le vestibule était obscur : un chapeau blanc sur une chaise : le sien? Quel désordre aimable : non un désordre d'abandon, mais le désordre intelligent qui marque une présence. Il garde encore l'empreinte du mouvement. Une chaise à peine reculée d'où l'on s'était levé la main appuyée à la table : il vit le geste. Un livre ouvert : qui vient de le quitter? Pourquoi? La dernière phrase chantait peut-être encore dans une conscience.

Bernis sourit, pensant aux mille petits travaux, aux mille petits tracas de la maison. On y marchait le long du jour en parant aux mêmes besoins, en rangeant le même désordre. Les drames y étaient de si peu d'importance : il suffisait d'être un voyageur, un étranger pour en sourire...

« Tout de même, pensait-il, le soir tombait ici comme ailleurs une année entière, c'était un cycle révolu. Le lendemain... c'était recommencer la vie. On marchait vers le soir. On n'avait plus, alors, aucun souci : les persiennes étaient closes, les livres rangés et les garde-feux bien en place. Ce repos gagné eût pu être éternel, il en avait le goût. Mes nuits, elles, sont moins que des trêves... »

Il s'assit sans faire de bruit. Il n'osait pas se révéler : tout semblait si calme, si égal. D'un store soigneusement baissé, un rayon de soleil filtra. « Une déchirure, pensa Bernis, ici l'on vieillit sans savoir... »

« Que vais-je apprendre?... » Un pas dans la pièce voisine enchanta la maison. Un pas tranquille. Un pas de nonne qui range les fleurs de l'Autel. « Quelle besogne minuscule achève-t-on? Ma vie est serrée comme un drame. Ici que d'espace, que d'air, entre chacun des mouvements, entre chacune des pensées... » Par la fenêtre il se pencha vers la campagne. Elle était tendue sous le soleil, avec des lieues de route blanche à parcourir pour aller prier, pour aller chasser, pour aller porter une lettre. Une batteuse au loin ronflait : on faisait un effort pour l'entendre : la voix trop faible d'un acteur oppresse la salle.

Le pas de nouveau résonna : « On range les bibelots, ils ont encombré les vitrines peu à peu. Chaque siècle en se retirant laisse derrière lui ces coquillages... »

On parlait, Bernis écouta :

« Crois-tu qu'elle passe la semaine? Le médecin... »

Les pas s'éloignèrent. Stupéfait, il se tut. Qui allait mourir? Son cœur se serra. Il appela à l'aide toute preuve de vie, le chapeau blanc, le livre ouvert...

Les voix reprirent. C'étaient des voix pleines d'amour mais si calmes. On savait la mort installée sous le toit, on l'y accueillait en intime sans en détourner le visage. Il n'y avait rien de déclamatoire : « Comme tout est simple, pensa Bernis, vivre, ranger les bibelots, mourir... »

— Tu as cueilli des fleurs pour le salon?

— Oui.

On parlait bas, sur un ton voilé mais égal. On parlait de mille petites choses et la mort prochaine les teignait simplement de grisaille. Un rire jaillit qui mourut de lui-même. Un rire sans racine profonde, mais que ne réprimait pas une dignité théâtrale.

« Ne monte pas, dit la voix, elle dort. »

Bernis était assis au cœur même de la douleur dans une intimité dérobée. Il eut peur d'être découvert. L'étranger fait naître, du besoin de tout exprimer, une douleur moins humble. On lui crie : « Vous qui l'avez connue, aimée... » Il dresse la mourante dans toute sa grâce et c'est intolérable.

Il avait droit pourtant à cette intimité « ...car je l'aimais ».

Il eut besoin de la revoir, monta en fraude l'escalier, ouvrit la porte de la chambre. Elle contenait tout l'été. Les murs étaient clairs et le lit blanc. La fenêtre ouverte s'emplissait de jour. L'horloge d'un clocher lointain, paisible, lente, donna la cadence juste du cœur, du cœur sans fièvre qu'il faut avoir. Elle dormait. Quel sommeil glorieux au centre de l'été!

« Elle va mourir... » Il s'avança sur le parquet ciré, plein de lumière. Il ne comprenait pas sa propre paix. Mais elle gémit : Bernis n'osa pénétrer plus avant.

Il devinait une présence immense : l'âme des malades s'étale, remplit la chambre et la chambre est comme une plaie. On n'ose heurter un meuble, marcher.

Pas un bruit. Des mouches seules grésillaient. Un appel lointain posa un problème. Une bouffée de vent frais roula, molle, dans la chambre. « Le soir déjà », pensa Bernis. Il songeait aux volets qu'on allait tirer, à la lumière de la lampe. C'était bientôt la nuit qui obséderait la malade ainsi qu'une étape à franchir. La lampe en veilleuse fascine alors comme un mirage, et les choses dont les ombres ne tournent pas et que l'on regarde douze heures sous le même angle finissent par s'imprimer dans le cerveau, peser d'un poids insupportable.

— Qui est là? dit-elle.

Bernis s'approcha. La tendresse, la pitié montèrent vers ses lèvres. Il s'inclina. La secourir. La prendre dans les bras. Être sa force.

« Jacques... » Elle le fixait. « Jacques... » Elle le halait du fond de sa pensée. Elle ne cherchait pas son épaule mais fouillait dans ses souvenirs. Elle s'accrochait à sa manche comme un naufragé qui se hisse, non pour se saisir d'une présence, d'un appui, mais d'une image... Elle regarde...

Et voici que peu à peu il lui semble étranger. Elle ne reconnaît pas cette ride, ce regard. Elle lui serre les doigts pour l'appeler : il ne peut lui être d'aucun secours. Il n'est pas l'ami qu'elle porte en elle. Déjà lasse de cette présence, elle le repousse, détourne la tête.

Il est à une distance infranchissable.

Il s'évada sans bruit, traversa de nouveau

le vestibule. Il revenait d'un voyage immense, d'un voyage confus, dont on se souvient mal. Est-ce qu'il souffrait? Est-ce qu'il était triste? Il s'arrêta. Le soir s'insinuait comme la mer dans une cale qui fait eau, les bibelots allaient s'éteindre. Le front contre la vitre, il vit les ombres des tilleuls s'allonger, se joindre, remplir le gazon de nuit. Un village lointain s'éclaira : à peine une poignée de lumières : elle aurait tenu dans ses mains. Il n'y avait plus de distance : il eût pu toucher du doigt la colline. Les voix de la maison se turent : on avait achevé de la mettre en ordre. Il ne bougeait pas. Il se souvenait de soirs pareils. On se levait pesant comme un scaphandrier. Le visage lisse de la femme se fermait et tout à coup on avait peur de l'avenir, de la mort.

Il sortit. Il se retourna avec le désir aigu d'être surpris, d'être appelé : son cœur aurait fondu de tristesse et de joie. Mais rien. Rien ne le retenait. Il glissait sans résistance entre les arbres. Il sauta la haie : la route était dure. C'était fini, il ne reviendrait plus jamais.

V

Et Bernis, avant de partir, me résumait
toute l'aventure :

« J'ai essayé, vois-tu, d'entraîner Geneviève dans un monde à moi. Tout ce que je
lui montrais devenait terne, gris. La première
nuit était d'une épaisseur sans nom : nous
n'avons pas pu la franchir. J'ai dû lui rendre
sa maison, sa vie, son âme. Un à un tous les
peupliers de la route. A mesure que nous
remontions vers Paris, diminuait entre le
monde et nous une épaisseur. Comme si j'avais
voulu l'entraîner sous la mer. Quand, plus
tard, j'ai cherché encore à la joindre, j'ai pu
l'approcher, la toucher : il n'y avait pas
d'espace entre nous. Il y avait plus. Je ne
sais te dire quoi : mille années. On est si loin
d'une autre vie. Elle était cramponnée à ses
draps blancs, à son été, à ses évidences, et

je n'ai pas pu l'emporter. Laisse-moi partir. »

Où vas-tu maintenant chercher le trésor, plongeur des Indes qui touche les perles, mais ne sait pas les ramener au jour? Ce désert sur lequel je marche, moi qui suis retenu, comme un plomb, au sol, je n'y saurais rien découvrir. Mais il n'est pour toi, magicien, qu'un voile de sable, qu'une apparence...

« Jacques, c'est l'heure. »

VI

Maintenant, engourdi, il rêve. Le sol de si haut paraît immobile. Le sahara de sable jaune mord sur une mer bleue comme un trottoir interminable. Bernis bon ouvrier ramène cette côte qui dérive à droite, glisse en travers, dans l'alignement du moteur. A chaque virage de l'Afrique, il incline doucement l'avion. Encore deux mille kilomètres avant Dakar.

Devant lui, l'éclatante blancheur de ce territoire insoumis. Parfois le roc est nu. Le vent a balayé le sable, çà et là, en dunes régulières. L'air immobile a pris l'avion comme une gangue. Nul tangage, nul roulis et, de si haut, nul déplacement du paysage. Serré dans le vent l'avion dure. Port-Étienne, première escale, n'est pas inscrite dans l'espace mais dans le temps, et Bernis regarde sa montre. Six heures encore d'immobilité et de silence, puis on sort de l'avion comme d'une chrysalide. Le monde est neuf.

Bernis regarde cette montre par quoi s'opère un tel miracle. Puis le compte-tours immobile. Si cette aiguille lâche son chiffre, si la panne livre l'homme au sable, le temps et les distances prendront un sens nouveau et qu'il ne conçoit même pas. Il voyage dans une quatrième dimension.

Il connaît pourtant cet étouffement. Nous l'avons tous connu. Tant d'images coulaient dans nos yeux : nous sommes prisonniers d'une seule, qui pèse le poids vrai de ses dunes, de son soleil, de son silence. Un monde sur nous s'est échoué. Nous sommes faibles, armés de gestes qui feront tout juste, la nuit venue, fuir des gazelles. Armés de voix qui ne porteraient pas à trois cents mètres et ne sauraient toucher des hommes. Nous sommes tous tombés un jour dans cette planète inconnue.

Le temps y devenait trop large pour le rythme de notre vie. A Casablanca, nous comptions par heures à cause de nos rendez-vous : chacun d'eux nous changeait le cœur. En avion, chaque demi-heure, nous changions de climat : changions de chair. Ici, nous comptons par semaines.

Les camarades nous ont tirés de là. Et, si nous étions faibles, nous ont hissés dans la carlingue : poignet de fer des camarades qui nous tiraient hors de ce monde dans leur monde.

En équilibre sur tant d'inconnu, Bernis songe qu'il se connaît mal. Qu'appelleraient en lui la soif, l'abandon, ou la cruauté des tribus maures? Et l'escale de Port-Étienne rejetée, soudain, à plus d'un mois? Il pense encore : « Je n'ai besoin d'aucun courage. »

Tout reste abstrait. Quand un jeune pilote se hasarde aux loopings, il verse au-dessus de sa tête, si proches soient-ils, non des obstacles durs dont le moindre l'écraserait, mais des arbres, des murs aussi fluides que dans les rêves. Du courage, Bernis?

Pourtant, contre son cœur, car le moteur a tressailli, cet inconnu qui peut surgir prendra sa place.

Ce cap, ce golfe ont rejoint enfin après une heure les terres neutres, désarmées, dont l'hélice est venue à bout. Mais chaque point du sol en avant porte sa menace mystérieuse.

Mille kilomètres encore : il faut tirer à soi cette nappe immense.

De Port-Étienne pour Cap Juby : courrier bien arrivé 16 h 30.

De Port-Étienne pour Saint-Louis : courrier reparti 16 h 45.

De Saint-Louis pour Dakar : courrier quitte Port-Étienne 16 h 45, ferons continuer de nuit.

Vent d'Est. Il souffle de l'intérieur du Sahara et le sable monte en tourbillons jaunes. De l'horizon s'est détaché à l'aube un soleil élastique et pâle, déformé par la brume chaude. Une bulle de savon pâle. Mais en montant vers le zénith, peu à peu contracté, mis au point, il est devenu cette flèche brûlante, ce poinçon brûlant dans la nuque.

Vent d'Est. On décolle de Port-Étienne dans un air calme, presque frais, mais à cent mètres d'altitude on trouve cette coulée de lave. Et tout de suite :

Température de l'huile : 120.

Température de l'eau : 110.

Gagner deux mille, trois mille mètres : évidemment! Dominer cette tempête de sable : évidemment! Mais, avant cinq minutes de cabré : auto-allumage et soupapes grillées. Et puis monter : facile à dire. L'avion s'enfonce dans cet air sans ressort, l'avion s'enlise.

Vent d'Est. On est aveugle. Le soleil est roulé dans ces volutes jaunes. Sa face pâle parfois émerge et brûle. La terre n'apparaît qu'à la verticale, et encore! Je cabre? je pique? je penche? Va-t'en voir! On plafonne à cent mètres. Tant pis! cherchons plus bas.

Au ras du sol une rivière de vent Nord. Ça va. On laisse pendre un bras hors de la carlingue. Ainsi dans un canot rapide on joue des doigts à flétrir l'eau fraîche.

Température de l'huile : 110.

Température de l'eau : 95.

Frais comme une rivière? En comparaison. Ça danse un peu, chaque pli du sol décoche sa gifle. C'est embêtant de ne rien voir.

Mais au cap Timéris le vent d'Est épouse le sol même. Plus de refuge nulle part. Odeur de caoutchouc brûlé : Magnéto? Joints? L'aiguille du compte-tours hésite, cède dix tours. « Alors, toi, si tu t'en mêles... »

Température de l'eau : 115.

Impossible de gagner dix mètres. Un coup d'œil sur la dune qui vous arrive comme un tremplin. Un coup d'œil sur les manomètres. Hop! c'est le remous de la dune. On pilote manche sur le ventre : plus pour longtemps. On porte dans les mains l'avion en équilibre comme un bol trop plein.

A dix mètres des roues, la Mauritanie dépêche ses sables, ses salines, ses plages; torrent du ballast.

1 520 tours.

Le premier passage à vide frappe le pilote comme un coup de poing. Un poste français à vingt kilomètres : le seul. L'atteindre.

Température de l'eau : 120.

Dunes, rochers, salines sont absorbés. Tout passe au laminoir. Et allez donc! Des contours s'élargissent, s'ouvrent, se ferment. Au ras des roues : débâcle. Ces rochers noirs là-bas, groupés, serrés, qui semblent venir avec lenteur, tout à coup s'emballent. On leur tombe dessus, on les éparpille.

1 430 tours.

« Si je me casse la gueule... » Une tôle qu'il frôle du doigt le brûle. Le radiateur vaporise par saccades. L'avion, péniche trop chargée, pèse.

1 400 tours.

Les derniers sables jetés en hâte à vingt centimètres des roues. Pelletées rapides. Pelletées d'or. Une dune sautée démasque le poste. Ah! Bernis coupe. Il était temps.

L'élan du paysage se freine et meurt. Ce monde de poussière se recompose.

Un fortin français dans le Sahara. Un vieux sergent reçut Bernis et riait de joie à la vue d'un frère. Vingt Sénégalais présentaient les armes : un Blanc, c'est au moins un sergent; c'est un lieutenant s'il est jeune.

— Bonjour, sergent!

— Ah! venez chez moi, je suis si heureux! Je suis de Tunis...

Son enfance, ses souvenirs, son âme : il livrait tout ça d'un coup, à Bernis.

Une petite table, des photographies piquées au mur :

141

— Oui, c'est des photos de parents. Je ne les connais pas encore tous, mais j'irai à Tunis, l'année prochaine. Là? C'est l'amoureuse de mon copain. Je l'ai toujours vue sur sa table. Il parlait toujours d'elle. Quand il est mort, j'ai pris la photo, j'ai continué, moi je n'avais pas d'amoureuse.

— J'ai soif, sergent.

— Ah! buvez! Ça me fait plaisir d'offrir du vin. Je n'en avais plus pour le capitaine. Il est passé voilà cinq mois. Ensuite, bien sûr, pendant longtemps, je me suis fait des idées noires. J'écrivais pour qu'on me relève : j'avais trop honte.

— Ce que je fais? J'écris des lettres toutes les nuits : je ne dors pas, j'ai des bougies. Mais lorsque le courrier m'arrive, tous les six mois, ça ne va plus comme réponse : je recommence.

Bernis monte fumer avec le vieux sergent sur la terrasse du fortin. Quel désert vide au clair de lune. Que surveille-t-il de ce poste? Sans doute les étoiles. Sans doute la lune...

— C'est vous le sergent des étoiles?

— Ne me refusez pas, fumez, j'ai du tabac. Je n'en avais plus pour le capitaine.

Bernis apprenait tout de ce lieutenant, de ce capitaine. Il eût pu redire leur unique défaut, leur unique vertu : l'un jouait, l'autre était trop bon. Il apprenait aussi que la der-

nière visite d'un jeune lieutenant à un vieux
sergent perdu dans les sables est presque un
souvenir d'amour.

— Il m'a expliqué les étoiles...

— Oui, fit Bernis, il vous les passait en
consigne.

Et maintenant, il les expliquait à son tour.
Et le sergent, apprenant les distances, pensait
à Tunis aussi qui est loin. Apprenant l'étoile
polaire, il jurait de la reconnaître à son visage,
il n'aurait qu'à la maintenir un peu à gauche.
Il pensait à Tunis qui est si proche.

« Et nous tombons vers celle-ci avec une
vitesse vertigineuse... » Et le sergent se retenait à temps au mur.

— Vous savez donc tout!

— Non, sergent. J'ai eu un sergent qui me
disait même : « Vous n'avez pas honte, vous,
un fils de famille si instruit, si bien élevé, de
faire si mal les demi-tours? »

— Eh! N'ayez pas honte, c'est si difficile...
On le consolait.

— Sergent, sergent! Ton falot de ronde...
Il montrait la lune.

— Connais-tu ça, sergent, cette chanson :

Il pleut, il pleut, bergère...

Il fredonna l'air.

— Ah! oui, je la connais : c'est une chanson
de Tunis...

— Dis-moi la suite, sergent. J'ai besoin de m'en souvenir.

— Attendez voir :

Rentre tes blancs moutons
Là-bas dans ta chaumière...

— Sergent, sergent, ça me revient :

Entends sous le feuillage
L'eau qui coule à grand bruit,
Déjà voici l'orage...

— Ah! comme c'est vrai! fit le sergent. Ils comprenaient les mêmes choses...

— Voici le jour, sergent, allons travailler.

— Travaillons.

— Passe-moi la clef à bougies.

— Ah! bien sûr.

— Appuie ici avec la pince.

— Ah! commandez... je ferai tout.

— Tu vois, ce n'était rien, sergent, je vais partir.

Le sergent contemple un jeune dieu, venu de nulle part, pour s'envoler.

... Venu lui rappeler une chanson, Tunis, lui-même. De quel paradis, au-delà des sables, descendent sans bruit ces beaux messagers?

— Adieu, sergent!

— Adieu...

Le sergent remuait les lèvres, ne se devi-
nant pas lui-même. Le sergent n'aurait pas su
dire qu'il gardait au cœur pour six mois
d'amour.

VII

De Saint-Louis du Sénégal pour Port-Étienne : Courrier pas arrivé Saint-Louis stop. Urgence nous communiquer nouvelles.

De Port-Étienne pour Saint-Louis : Ne savons rien depuis départ 16 h 45 stop. Effectuerons immédiatement recherches.

De Saint-Louis du Sénégal pour Port-Étienne : Avion 632 quitte Saint-Louis 7 h 25 stop. Suspendez votre départ jusqu'à son arrivée Port-Étienne.

De Port-Étienne pour Saint-Louis : Avion 632 bien arrivé 13 h 40 stop. Pilote signale rien vu malgré visibilité suffisante stop. Pilote estime aurait trouvé si courrier sur trajet normal stop.

Troisième pilote nécessaire pour recherches éche-
lonnées en profondeur.

De Saint-Louis pour Port-Étienne : D'accord.
Donnons des ordres.

De Saint-Louis pour Juby : Sans nouvelles
France-Amérique stop. Descendez urgence Port-
Étienne.

Juby.

Un mécanicien revient à moi :

— Je vous mets l'eau dans le coffre avant
gauche, les vivres dans le coffre droit, à l'arrière une roue de secours et la boîte de phar-
macie. Dix minutes. Ça va?

— Ça va.

Bloc-notes. Consignes :

« En mon absence rédiger les comptes
rendus journaliers. Payer les Maures lundi.
Embarquer sur le voilier les bidons vides. »

Et je m'accoude à la fenêtre. Le voilier
qui nous ravitaille une fois par mois en eau
douce se balance léger sur la mer. Il est charmant. Il habille d'un peu de vie tremblante,
de linge frais tout mon désert. Je suis Noé
visité dans l'arche par la colombe.

L'avion est prêt.

La route des caravanes est marquée d'osse-
ments, quelques avions marquent la nôtre :
« Encore une heure jusqu'à l'avion de Boha-
dor... » Squelettes pillés par les Maures.
Repères.

Mille kilomètres de sable puis Port-Étienne :
quatre bâtisses dans le désert.

— Nous t'attendions. Nous repartons tout
de suite pour profiter du jour. L'un sur la
côte, l'autre à vingt kilomètres, l'autre à
cinquante. Nous faisons escale au fortin à
cause de la nuit : tu changes d'appareil?

— Oui. Soupape en prise.

Transbordement.

Départ.

Rien. Ce n'était qu'un rocher sombre. Je
continue à passer ce désert au laminoir.
Chaque point noir est une faute qui me tour-

mente. Mais le sable ne roule à moi qu'un rocher sombre.

Je ne vois plus mes camarades. Ils sont installés dans leur part de ciel. Patience d'éperviers. Je ne vois plus la mer. En suspens sur un brasier blanc, je ne vois rien qui vive. Mon cœur bat : cette épave au loin...

Un rocher sombre.

Mon moteur : un grondement de fleuve en marche. Ce fleuve en marche m'enveloppe et m'use.

Souvent je t'ai vu replié, Bernis, sur ton espérance inexplicable. Je ne sais pas traduire. Il me revient ce mot de Nietzsche que tu aimais : « Mon été chaud, court, mélancolique et bienheureux. »

J'ai les yeux fatigués de tant chercher. Des points noirs dansent. Je ne sais plus bien où je vais.

— Alors, sergent, vous l'avez donc vu?

— Il a décollé au petit jour...

Nous nous asseyons au pied du fortin. Les Sénégalais rient, le sergent rêve : un crépuscule lumineux mais inutile.

L'un de nous hasarde :

— Si l'avion est détruit... tu sais... presque introuvable!

— Évidemment.

L'un de nous se lève, fait quelques pas :

— Ça va mal. Cigarette?

Nous entrons dans la nuit : bêtes, hommes et choses.

Nous entrons dans la nuit, sous le feu du bord d'une cigarette, et le monde reprend ses vraies dimensions. A gagner Port-Étienne vieillissent les caravanes. Saint-Louis du Sénégal est aux confins du rêve. Ce désert, tout à l'heure, n'était qu'un sable sans mystère. Les villes à trois pas s'offraient et le sergent armé pour la patience, le silence et la solitude sentait vaine une telle vertu. Mais une hyène crie et le sable vit, mais un appel recompose le mystère, mais quelque chose naît, fuit, recommence...

Mais les étoiles mesurent pour nous les vraies distances. La vie paisible, l'amour fidèle, l'amie que nous croyons chérir, c'est de nouveau l'étoile polaire qui les balise...

Mais la Croix du Sud balise un trésor.

Vers trois heures du matin, nos couvertures de laine deviennent minces, transparentes : c'est un maléfice de la lune. Je me réveille glacé. Je monte fumer sur la terrasse du fortin. Cigarette... cigarette... Ainsi j'atteindrai l'aube.

Ce petit poste au clair de lune : un port aux eaux tranquilles. Bien au complet tout ce jeu d'étoiles pour navigateurs. Les boussoles de nos trois avions tirées sagement vers le nord. Et cependant...

Ton dernier pas réel, l'as-tu posé ici? Ici finit le monde sensible. Ce petit fortin : un embarcadère. Un seuil ouvert sur ce clair de lune où rien n'est bien vrai.

La nuit est merveilleuse. Où es-tu, Jacques Bernis? Ici peut-être, peut-être là? Quelle présence déjà légère! Autour de moi ce Sahara si peu chargé, qui supporte à peine, au pli le plus lourd, un enfant léger.

Le sergent m'a rejoint :

— Bonsoir, monsieur.

— Bonsoir, sergent.

Il écoute. Rien. Un silence, Bernis, fait de ton silence.

— Cigarette?

— Oui.

Le sergent mâche sa cigarette.

— Sergent, demain je trouverai mon camarade ; où crois-tu qu'il soit?

Le sergent, sûr de lui, me signale tout l'horizon...

Un enfant perdu remplit le désert.

Bernis, tu m'avouais un jour : « J'ai aimé
une vie que je n'ai pas très bien comprise,
une vie pas tout à fait fidèle. Je ne sais même
pas très bien ce dont j'ai eu besoin : c'était
une fringale légère... »

Bernis, tu m'avouais un jour : « Ce que
je devinais se cachait derrière toute chose.
Il me semblait qu'avec un effort, j'allais
comprendre, j'allais le connaître enfin et l'emporter. Et je m'en vais troublé par cette
présence d'ami que je n'ai jamais pu tirer
au jour... »

Il me semble qu'un vaisseau chavire. Il
me semble qu'un enfant s'apaise. Il me
semble que ce frémissement de voiles, de
mâts et d'espérances entre dans la mer.

L'aube. Cris rauques des Maures. Leurs chameaux à terre crevés de fatigue. Un rezzou de trois cents fusils, descendu en secret du Nord, aurait surgi à l'Est et massacré une caravane.

Si nous cherchions du côté du rezzou?

« Alors en éventail, d'accord? Celui du centre fonce plein est... »

Simoun : dès cinquante mètres d'altitude ce vent nous sèche comme un aspirateur.

Mon Camarade...

C'était donc ici le trésor : l'as-tu cherché!

Sur cette dune, les bras en croix et face à ce golfe bleu sombre et face aux villages d'étoiles, cette nuit, tu pesais peu de chose...

A ta descente vers le Sud combien d'amarres dénouées, Bernis aérien déjà de n'avoir plus qu'un seul ami : un fil de la vierge te liait à peine...

Cette nuit tu pesais moins encore. Un vertige t'a pris. Dans l'étoile la plus verticale a lui le trésor, ô fugitif!

Le fil de la vierge de mon amitié te liait à peine : Berger infidèle j'ai dû m'endormir.

De Saint-Louis du Sénégal pour Toulouse :
France-Amérique retrouvé est Timéris stop.
Parti ennemi à proximité stop. Pilote tué avion
brisé courrier intact stop. Continue sur Dakar.

VIII

De Dakar pour Toulouse : courrier bien arrivé Dakar.

Stop.

*Cet ouvrage
a été composé
et achevé d'imprimer
par l'Imprimerie Floch
à Mayenne le 8 février 1982.
Imprimé en France.
(19672)*

*1ᵉʳ dépôt légal dans la collection : avril 1972.
Dépôt légal : février 1982.*